天才王子の赤字国家再生術
9
そうだ、売国しよう

CONTENTS

Prince of genius rise worst kingdom

YES,treason it will do

フラーニャ
「神様を探す……そんなことを、本当に？」

兄妹は今、ある部族の歴史について話し合っていた。
すなわち、数百年前のフラム人の歴史である。

天才王子の赤字国家再生術 9
～そうだ、売国しよう～

鳥羽徹

GA文庫

ウルベス連合周辺地図

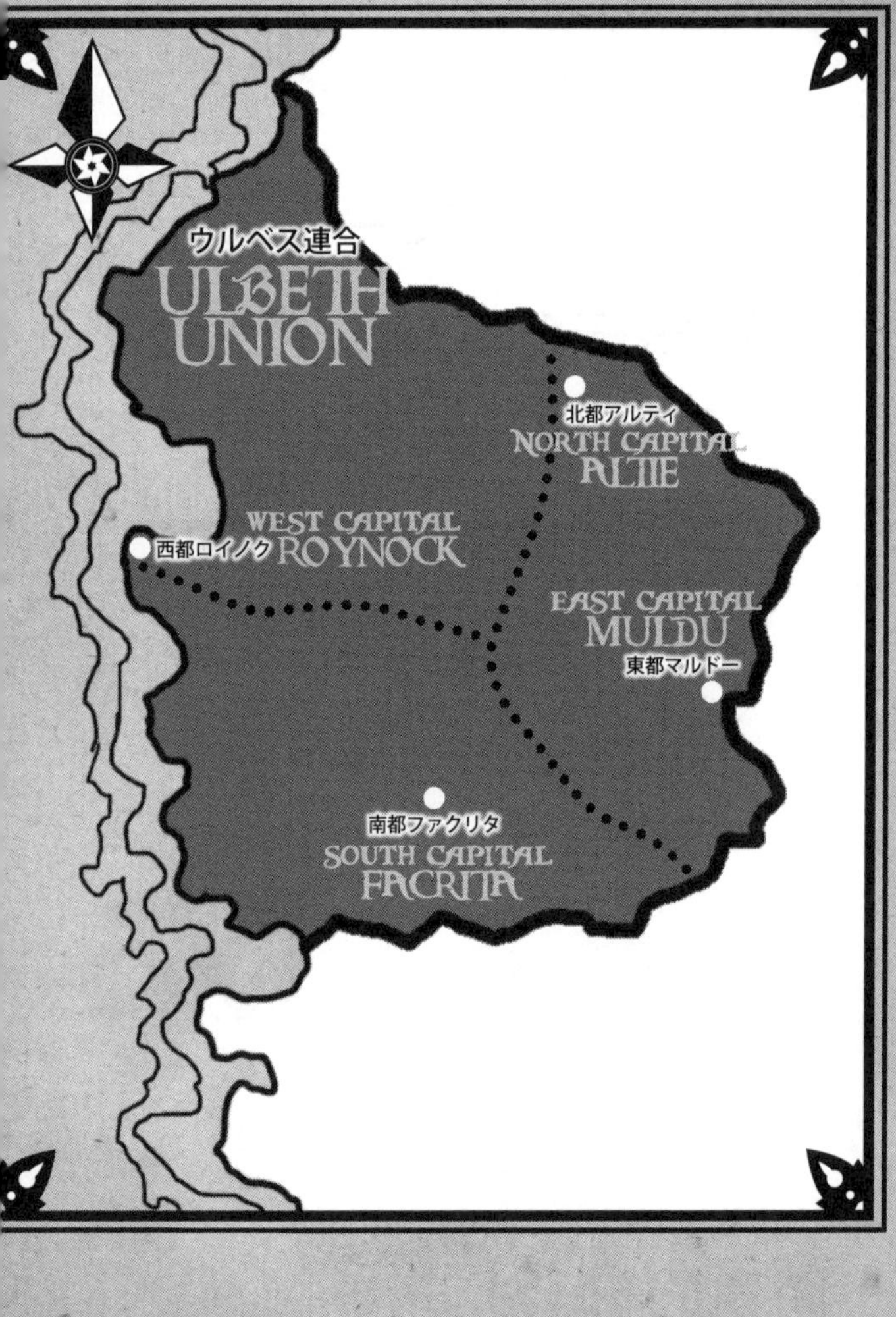
ウルベス連合
ULBETH UNION
北都アルティ
NORTH CAPITAL ALTIE
WEST CAPITAL ROYNOCK
西都ロイノク
EAST CAPITAL MULDU
東都マルドー
南都ファクリタ
SOUTH CAPITAL FACRITA

登場人物紹介

ウェイン

大陸最北の国、ナトラ王国で摂政を務める王太子。持ち前の才気で数々の国難を切り抜けた実績を持つ。

仁君として名を馳せるも、本人は自堕落で怠けたがりという、性根と顔面以外の全てに優れた男。

ニニム

公私にわたってウェインを支える補佐官にして幼馴染、そして心臓。
でももう少し無茶を抑えてくれないかなとちょっと思ってる。
大陸西部にて被差別人種であるフラム人出身。

フラーニャ

ウェインの妹にあたるナトラ王国王女。兄のことを慕い、兄の助けになれるよう日々努力中。選聖会議の行われた古都ルシャンで本格的な外交デビューを果たした。元デルーニオ王国宰相シリジスを腹心にしている。

アガタ

ウルベス連合を構成する四都市の一つ、東都マルドーの代表であり対外的なウルベス連合の顔役。選聖侯も兼任する。崩壊しつつある連合を纏め上げるための助力をウェインに依頼してきた。

ナナキ

フラーニャの護衛で、ニニムと同じくフラム人。あまり感情を表に出さないがフラーニャを大切にしている。

カミル

アガタの補佐を務める側近の男性。
ニニムがフラム人であることを知っても気にしない寛容さを持つ。

レイジュット

農業改革により南都ファクリタの躍進を実現させた若い女性で、都市の代表。派閥の操縦に苦心している。

オレオム

海路での貿易が盛んな西都ロイノクの代表を務める若い男性。連合内の勢力バランスの変化を気にしている。

第一章　そうだ、統一しよう

始まりは、遙《はる》か昔。

一人の男が旅に出たことがきっかけだった。

男の一族は虐《しいた》げられ、奴隷《どれい》として扱われていた。

誇りも文化も許されず、今生《こんじょう》にも来世《らいせ》にも救いを見いだせないまま死んでいく同胞たち。

救いを求めて嘆く声はどこにも届かず、代わりに返ってくるのは支配者たちの嘲笑《ちょうしょう》だ。

支配者は鞭を振るいながら言う。奴隷のお前たちに神などいるはずがないと。嬲《なぶ》られ、虐げられ、使い潰《つぶ》されるのが運命なのだと。

多くの同胞たちは、その嘲笑に涙を呑《の》んだ。何を言い返そうとも、事実として彼らは救われていないのだ。試練も理不尽ももう十分に受けた。なのに神は助けてくれないのだから、自分たちが神に愛されていないのだと認めるしかなかった。

しかし、その男だけは違った。

この広い大陸のどこかに、きっと自分たちを救ってくれる神がおわすはずだ。神はまだ我らの声に気づいていないだけなのだ――そう信じた。

「見つけてみせる。何年、何十年かかってでも、我らフラム人を救いたもう神を」

そうして男は神を探す旅に出る。

もはや名前は失われ、後世において始祖とだけ呼ばれることになるその男は、燃えるように赤い髪と、鮮やかな真紅の瞳《ひとみ》を湛《たた》えていたという。

◆
◇
◆

「――とまあ、これが後にフラム人の王国を造る男なわけだ」

本を片手にそう語るのは、煌々《こうこう》と揺れる暖炉の火に照らされる少年だ。

ナトラ王国王太子、ウェイン・サレマ・アルバレストである。

窓の向こうで静かに降り続ける雪と相まって、暖炉の傍《そば》に座る彼の周囲は、温《ぬく》もりで溢《あふ》れているように感じられた。

「神様を探す……そんなことを、本当に？」

そう問うのは、ウェインと同じく暖炉の傍に座る少女。名をフラーニャ・エルク・アルバレスト。ウェインの実妹であり、ナトラ王国の王女である。

兄妹は今、ある部族の歴史について話し合っていた。

すなわち、数百年前のフラム人の歴史である。

「ナトラに保管されている史料によれば、そうなっている。もちろん何百年も前の話だ。当時の人の正確な心境を把握するには、少しばかり遠い景色なのも事実だな」

それでも史料の確度は決して侮れるものではない、とウェインは言外に語る。

「じゃあお兄様、その始祖はどこからか神様を見つけだしたの？」

問いに、しかしウェインは明言することなく続ける。

「始祖は大陸を巡り、神が居ると聞けばどんなところにも足を運んだという。時には人が立ち入ってはならないとされる神聖な場所でも、躊躇《ためら》わずに探しに入り、辺り構わず暴《あば》いたそうだ。おかげで、様々な神の信徒から命を狙《ねら》われたみたいだな」

「それだけ必死だったのね」

己《おのれ》の危険も顧みず、始祖は神を探した。文字通り草の根を分けることさえして、探し続けた。全《すべ》ては今もなお苦しむ友に、仲間に、愛する人に、心の安寧という、ささやかなより所を与えたいがために。

「だが、その願いは届かなかった」

「えっ」

フラーニャは目を見張った。

「当時は、今よりもずっと神や霊的な存在が信じられていた時代だ。森、河、山、海……原始的な精霊信仰から主神を軸にした多神教まで、様々な信仰が存在した。そんな中で、恐らくは始祖が最古だろう。――神の不在を、確信したのは」

あらゆる場所を探し、命すら狙われ、長い年月の果てに大陸一周という偉業すら成し遂げて――けれど、始祖はついぞフラム人を庇護《ひご》してくれる神を見つけられなかった。

いや、それどころではない。神を求めるあまり、神秘の正体を暴き続けた始祖は、この大陸で信仰されているあらゆる神が虚構《きょこう》であると、望まずに確信してしまったのだ。

「神様を見つけられなかった……でも、その人はフラム人の王国を造ったんでしょう？」

「そうだ。一度は失意に陥《おちい》った始祖だったが、そこで彼はある悪魔的な発想に至る。そう、あらゆる神が虚構ならば、フラム人にとって都合の良い神を作ってしまえばいい」

ウェインはにっと笑った。

「そうして始祖は生み出した。――大陸初の、唯一神《ゆいいつしん》をな」

◆◇◆

元デルーニオ王国宰相にして、現在はナトラ王女フラーニャの家臣であるシリジスは、その部屋の扉を開けた瞬間、僅《わず》かに後悔した。

というのも、部屋の中には探していた主君の姿はなく、代わりにあまり出会いたくない人物が居たからだ。

「おや、どうされました？　シリジス卿」

そう小首を傾《かし》げるのは、一人の少女。名をニニム・ラーレイ。王太子ウェインの補佐官にして、白い髪と赤い瞳が特徴のフラム人だ。

「……フラーニャ殿下はどちらに？」

「あちらのお部屋です」

渋面《じゅうめん》を浮かべるシリジスに対して、ニニムはそつなくウェインとフラーニャの居る隣室の扉を指し示す。

「ですが今はウェイン殿下とご歓談されている最中ですので」

「む……ならば出直すとしよう」

シリジスは踵《きびす》を返そうとするが、その背中にニニムの声がかかった。

「もうじきウェイン殿下も政務に戻られる時間ですので、ここで少し待たれては如何《いかが》です？」

特に不自然ではない提案だが、シリジスは小さく唸《うな》った。

「……そちらに気を遣ったつもりなのだがな」

「無用かと。共にナトラ王家にお仕えする身でしょう」

「私に隔意はないと？」

「あるとすれば、むしろシリジス卿の方では？　なにせ卿は敬虔《けいけん》なレベティア教の信徒でいらっしゃる」

「…………」

大陸西部の一大宗教であるレベティア教。

その教義において、フラム人は被差別人種として扱われている。

そのため西側出身の人間がナトラに来ると、フラム人が当たり前のように受け入れられている有り様《ありよう》に面食らうという。

「……確かに、私はレベティア教を盲信していた。だが、それは過去の話だ」

シリジスは部屋に置いてある椅子《いす》を引っ張り出し、そこに腰掛けた。

「なるほど、ニニム殿の言う通りだ。共に家臣の身ならば、遠慮など無用だったな」

不機嫌そうにそっぽを向くシリジスに、ニニムは小さく微笑《ほほえ》んだ。一回り以上も年下の少女に余裕の態度を見せつけられ、シリジスは何か言い返せないかと言葉を探す。

「そういえば、なぜニニム殿は殿下たちと一緒ではないのだ？」

口を突いて出たのは、そんな他愛《たあい》のない疑問だった。とはいえ、気になるのは事実だ。護衛でもあるニニムは、いつもウェインと行動を共にしている。普段ならば部屋の前で待機しているのではなく、同室して控えているのが筋だろう。それがなぜこうしているのか。

「お話の内容が、フラム人の歴史についてだからです」

ニニムは答えた。

「私が傍に居ては、語りにくい部分もあるでしょう」

「……フラム人の歴史、か」

「興味がおありなら私が語りますが？」

「無用だ」

短く答えてから、シリジスはかねてより秘めていた疑問があるのを思い出す。

「いや、フラム人そのものの話ではないが、一つだけ聞きたいことがあった。……何故《なぜ》ナトラの王族はフラム人を傍に置いているのだ？」

西側の人間にとって、ナトラにおけるフラム人の扱いは奇異に映るが、中でも極めつけなのは王族の付き人として代々重用されている点だろう。西側の常識では有り得ないことであるし、たとえ東側であっても、一つの部族から側近を登用し続けるなど滅多《めった》にあるまい。

そんな疑問にニニムは応じる。

「端的に言えば、百年前に交わされた約束が発端になりますね」

「約束とは？」

「百年前、迫害から逃れるため、ラーレイという男がフラム人の一団を率いてナトラを訪れました。彼らは持ち得る知識と技術をナトラ王家に差し出して庇護を求め、それに感銘を受けた当時の王は、ラーレイを自らの補佐として登用したのです」

「代価があったとはいえ、フラム人を傍に置くとは、開明的な王がおられたのだな」

「当時のナトラは、レベティア教が発令したキルクルスの令……ナトラを経由して大陸一周する従来の巡礼道から、大陸西部の一周で完了とみなして構わない、という条例によって、人の流通が滞っていたと聞きます。……つまり、フラム人を登用したのは西側に対する意趣返しも含まれていた、という話です」

なるほど、有りそうな話だ、とシリジスは僅かに苦笑を浮かべる。しかしその程度の動機で始まったことならば、フラム人との関係はすぐに終わるというのが普通だろう。

「お察しの通り、大事なのはその後です。ラーレイは生涯王に尽くし、また王もラーレイとフラム人を尊重しました。そして深い信頼関係で結ばれた二人は、晩年に改めて約束を交わしたのです。――フラム人はその能力で以《もっ》て王家に仕え、王家はその人徳で以てフラム人に応《こた》える、と」

それはまるで、童《わらべ》が交わすような約束だ。

当事者同士の約束でさえ薄氷の上にあるというのに、それが世代を超えて受け継がれるなど幻想でしかない。すぐに破綻すると、誰《だれ》しもが思ったことだろう。あるいは、当事者の二人でさえ思っていたかもしれない。

しかし結果として、その二人の約束が、今や百年も続く慣例になっているのだ。

「代々の王家とフラム人は約束を遵守《じゅんしゅ》し続けました。そこには並々ならぬ努力があったことでしょう。その果てに、我らフラム人が王族の補佐として就くのが、この国では当たり前になったのです」

「……歴史の妙というのは、どこの国にもあるものだな」

シリジスは納得したように頷《うなず》いて、それから言った。

「王族の傍に仕えるフラム人は、やはり優秀な者が選ばれるものなのか？」

「基本的にはそうですね。ただナナキはフラーニャ殿下がご自身で選ばれたので、少し経緯が特殊になります。それと私の場合も――」

言いかけたその時、隣室へ続く扉が開き、ウェインが顔を出した。

「待たせたな、ニニム。……ん、シリジスもいたのか」

ニニムとシリジスは素早く臣下の礼を取る。その上でニニムが言った。

「お話はすみましたか？」

「ああ、思ったより長丁場になったがな。――っと」

不意に、ウェインの背後から、ひょっこりとフラーニャが顔を出した。

心なしか沈痛な面持ちな彼女は、近くにいたニニムを見つけると、そのまま彼女に駆け寄ってむぎゅっと抱きついた。

「ど、どうされました？　フラーニャ殿下」

突然の行いに少しばかり驚きを滲《にじ》ませて、ニニムは問いかける。

するとフラーニャはニニムの肩口から顔を上げて、

「……私は、昔の人が何をしたかなんて気にしないわ」

フラーニャの言葉の意味するところ、シリジスは摑《つか》みかねた。

しかしニニムはすぐさま理解したらしく、微笑みを浮かべる。

「殿下のそのお言葉だけで、全てのフラム人は安堵《あんど》することでしょう」

抱きつくフラーニャと、彼女の髪を撫でるニニムの姿は、人種こそ違えどまさに姉妹のようだ。二人が積み上げてきた時間と、それが織りなす仲睦《むつ》まじさを感じさせる。

そんなことを考えていたシリジスだったが、そこにウェインが声をかけた。

「シリジス、俺《おれ》に何か用でもあったか？」

「いえ、今後のフラーニャ殿下の会談のご予定について、いくつか確認することがございましたので」

なるほど、とウェインは頷いて、

「少し待ってやってくれ。ああすることで自分の感情を消化してる最中だ」

「はっ。承知しております」

恐らくはフラム人の歴史の中に、ショッキングな内容があったのだろう、とシリジスは考える。大陸の歴史を紐解《ひもと》いていけば、凄惨《せいさん》な出来事に直面するのはままあることだ。王女とはいえまだ子供のフラーニャならば、動揺してもおかしくはない。

（……そう、まだ子供なのだ）

フラーニャの家臣として仕えてしばらく。シリジスから見て、フラーニャは王族として十分な器があると感じられた。

熱意と向上心は言うまでもなく、頭の回転も悪くない。教えを素直に受け止め、それでいて自分で考える柔軟さも持ち合わせている。今でこそ未熟さ、弱さもあるが、まっとうに成長すれば、十年後には立派な為政者となっているであろう。

しかし。しかしだ。

それほどの器であっても、彼女の兄、ウェインには及《およ》ばない。

両者を見比べた時、百人が百人、ウェインの方に高い評価をつけるだろう。

（これを覆すのは容易ではない）

フラーニャ王女をナトラの王にする。

それがウェインによって失脚した元宰相として、そしてフラーニャという主君に仕える家臣

として、シリジスが抱える目標だった。

（焦《あせ》ってはならない。しかし今の状況では、いつ現王からウェイン王子に譲位されるかも解ら

ぬ。計画は静かに、そして迅速に進めねばな……）

すぐ隣に立つ男が、埋伏《まいふく》の毒《どく》とならんとしていることに、王子は気づいているのだろうか。

いや、賢明な王子のことだ、恐らくは気づいているだろう。

しかし彼は何も言ってくることはない。余裕か、あるいは別の狙いがあってのことか。思う

ところはあるが、目的は変わらない。フラーニャを擁立《ようりつ》するためにはあらゆる機会を利用しな

くては。

「……そういえば、王太子殿下は近々、また国外に出立されるとか」

「ああ、ウルベス連合にな。シリジスはこの国について何か知ってるか？」

「何度か赴いたことがあります。印象としては……奇妙な国だと」

「ほう。その心は？」

ウェインの問いにシリジスは答えた。

「ナトラ王国にしろ、デルーニオ王国にしろ、国家というのは往々《おうおう》にして固有の文化、風習というものを抱えているものです。しかしながらウルベス連合は、それが異常なほど多く、そして根強いのです」

「ふむ……歴史が古いとは聞いているが、文化、風習か」

まだ見ぬ国の輪郭を思い、ウェインは小さく唸る。

そこに、ようやく落ち着いたらしいフラーニャの声が届いた。

「お兄様、ウルベス連合には貿易の件で向かうのよね？」

「そうだ。先日の選聖会議で、うちとパトゥーラとの貿易が大きく損なわれたからな。その分を急いで穴埋めする必要がある」

とはいえ、とウェインは言う。

「向こうの代表……選聖侯アガタの様子からすると、どうもそれだけに留《とど》まりそうもない。果たしてどんな交渉になるのやらだ」

するとフラーニャが神妙な顔で言った。

「……お兄様、くれぐれもお気を付けて。選聖会議の時もそうだったけれど、ただの話し合いと思っていても、実際は何が起きるか解らないもの」

今年の秋に開催された選聖会議。そこで起きた波乱の出来事が、未《いま》だフラーニャの心の中で尾を引いているようだ。

「安心しろフラーニャ、さすがにあんな事態はそうそう起こらないさ」

ウェインは苦笑しながら妹の髪を撫《な》でる。

「むしろフラーニャこそ、俺の留守中くれぐれも頼んだぞ。シリジスも、支えてやってくれ」

「もちろんよお兄様！」

「はっ。お任せください」

勢いよく応じるフラーニャと、深々と一礼するシリジス。

その姿にウェインは微笑み、深く頷いた。


そして数日後、ウェインは使節を率いて、ウルベス連合へと出立した。

それを見送ったフラーニャは、後にこう述懐する。

この冬、兄が赴いたウルベス連合で起きた幾つもの出来事。

それこそがこの、後世において賢王大戦と呼ばれる時代において、兄たちが迎えることになる結末を、暗に示していたのではないのだろうか、と――

第二章　ウルベス連合

　ウルベス連合とは、四つの都市国家によって構成された連合国である。

　歴史を紐解《ひもと》けば、連合を組む前の四都市は、大陸西端の覇権を巡るライバルであった。

　時には協調し、時には敵対し、覇権を得るべく競い合っていた四都市だったが、流通が発展して西端以外の諸外国との交流も深まるにつれ、当時の首脳陣は四都市以外の外圧に危機感を抱くようになる。

『このまま争っていては、他の国に呑《の》み込《こ》まれるのではないか』

『しかし今更手を取り合うのも難しいだろう』

『……いや、案外そうでもないかもしれん』

　奇《く》しくもその頃《ころ》、四都市の民衆の間に連帯感も芽生えていた。

　外国から入ってくる文化が異質で、すぐには理解できないのに対し、同地域に根ざしている四都市の文化や風習は共通した部分が多かった。それゆえ、異質な外国を意識した民衆は、理解できるライバルの方に共感を得たのである。

　もちろん四都市には、血で血を洗うような争いの歴史もあった。他都市と協力など以《もっ》ての外《ほか》という意見も出ただろう。しかし四都市のどれかならばともかく、外国に西端の覇権を奪われるのは我慢ならないと、当時の市民は考えたのだ。

その市民感情と政治的な思惑が絡《から》み合《あ》った結果、四つの都市は大陸でも稀な、連合国という新たな国体へ踏み出したのである。


「──思い切ったものよね、連合都市なんて」

ウルベス連合へと続く道。

そこを進む馬車の中で、ニニムは書類に目を通していた。

「対外的な都市の代表は選聖侯のアガタ。でも都市内の運営は複数の都市代表の合議によって成り立っていて、その権限は等しい。……一つの国に何人も王様がいるようなものでしょうに、よくやっていけるものだわ」

そんな感想を漏《も》らしながら、ニニムは対面を見やる。

「ウェインもそう思わない？」

ニニムの視線の先。そこに座って窓の外を眺めていたのは、主君たるウェインだ。

「そうだな。合議制自体は珍しくないが、都市国家が同盟の枠を越えて合流し、しかも代表の権限を等しくするとなると、あんまり覚えがない」

ウェインの口ぶりは、ウルベス連合の有り様《あよう》に感心しているようだ。

「前例の少なさはノウハウの少なさを意味するわけだから、なかなか挑戦的な試みだったと思うぞ。周辺諸国と根本の制度が違うと、他国の例を参照するのも難しくなるしな。大半の国は王政だから、ナトラなんかはガンガンパクれるけど」

政治形態とは、すなわち国の規格である。周辺諸国と共通の規格を使用しているということは、それだけ諸国のやり方を流用しやすいということに繋《つな》がる。

国家とは人の寿命を超え、百年、二百年と存続する器だ、その間、自国だけで最善の、あるいは革新的な法案や制度を作り続けるというのは、あまりにも現実的ではない。他国の諸般の事情に鑑《かんが》みて、自国に反映するのは合理的と言えるだろう。

そう考えれば、ウルベス連合はウェインの言う通り挑戦的で、独自規格の国だ。運営に手探りな部分も多くあるだろう。それでも破綻していないのは、為政者の尽力があったに違いない。

「結構好意的な見方をしてるのね。王政の代表みたいな立場なのに」

「古今東西、制度自体が正しかったことなんて一度もない。注視すべきは制度が人にもたらす豊かさだ。どんなに民衆に寄り添っているように見える制度でも、実際の運用で民を飢えさせるようなら無意味だろ？　逆に言えば、民さえ豊かにできるなら、方法なんて好きにしていいってことさ」

「……それ、絶対に表で言わないでね。問題発言だから」

へーい、と気のない返事をするウェインに、ニニムは嘆息する。話を振ったのはこちらだが、時折こうして常識に寄らない発言を口にするから油断できない。

「ま、とはいえ、そのウルベス連合も色々思惑が動いてるみたいだけどな」

「……統一、だったわね。アガタが持ちかけてきた話は」

今回ウェインがウルベス連合の向かうのは、連合代表にして選聖侯の一人、アガタより持ちかけられた取引にあった。

『──連合の統一に、手を貸してもらいたい』

今年の秋、古都ルシャンで行われた選聖会議。

張り巡らされた陰謀を乗り越え、無事帰国の途につこうとしたウェインに、そう言ってアガタが接触してきたのだ。

奇しくもその折、ナトラは貿易に大きな痛手を被っていた。ナトラとウルベス連合間の貿易を締結するという条件の下、ウェインは取引に乗ったのである。

「アガタはどういう思惑があるのかしら？」

「さてな。選聖侯って立場もあるわけだし、更に権力をって感じでもなさそうだったが……まあ、詳しいことはもうじき解る。丁度、目印が見えてきたしな」

そう言ってウェインは窓の外を示す。

ニニムは彼の横から外を覗《のぞ》き込み、そして目を見張った。

「あれは……」

「噂《うわさ》に聞くウルベス連合の象徴。四都市が連合を築いた際に合同で建設したっていう、結束の城壁だ」

それは果たしてどれほどの長さなのだろうか。

平原の右から左まで、一直線に伸びる長い長い壁。

西端に位置する四都市の、四方を囲うそれは、まさしく連合の象徴というべき建造物だ。完成に至るまで、どれほどの労力がかけられたのか、想像すらつかない。

（――でも）

長い間風雨にさらされていたのが原因だろう。壁は所々がひび割れ、あるいは崩れているのが散見する。

それはまるで、今のウルベス連合の有《あ》り様《よう》を表しているようだと、ニニムは思った。

◆◇◆

ウルベス連合を構成する四都市は、東西南北に分かれた位置に存在する。

分かれているといっても、どの都市も西端の領域内に収まっているため、基本的に共通の文化圏だ。しかし、僅《わず》かな立地の差から、それぞれ特色も存在していた。

たとえば最も西の都市は青雲《せいうん》のロイノクと呼ばれ、海に面していることから海路での貿易が盛んだ。北の都市、黒鉄《くろがね》のアルティは鍛冶などの職人を多く抱える。南都の赤穂《あこう》のファクリタは土地が豊かで作物が多く取れる、といった具合である。

では東にある都市、白柳《はくりゅう》のマルドーの特色は何かといえば、西の都市の逆。すなわち、陸路における西端の玄関口だ。

結束の城壁を通り抜けて一番に到達する都であり、外国の人や文化と多く触れあうことから、この都市の代表は得てして国外への造詣が深く、連合の対外的な顔役となりやすい。

そして選聖侯アガタ・ウィロウは、まさにこの東都の代表だった。

「……もうじき、か」

窓の外から覗《のぞ》く街並みを見つめて、アガタは小さく呟いた。

「アガタ様、何か仰《おっしゃ》いましたか？」

僅かな呟きを拾った補佐の男が小首を傾《かし》げる。

「なに、もうじきこの景色が、一層白に染まるだろうと思ってな」

「そうですね。日が沈むのも随分と早くなりましたから、すぐにも雪が積もるでしょう」

「冬の空気は老体には堪《こた》える。今から春が恋しいものだな」

曇天の雲は今にも雪を生み出しそうだ。窓一枚隔てた先の気温は、室内と雲泥《うんでい》の差になっているだろう。

「無事春を迎えるためにも、これからの催しをつつがなく終わらせなくてはなりませんね」

「ふっ、その通りだな。調印式の準備は進んでいるのだろう？」

補佐の男は頷《うなず》く。

「もうじき完了する予定です」

「ならばよい。この式典だけは、問題を起こすわけにはいかぬからな」

「それと先ほど連絡が。ウェイン王子の使節団が、結束の城壁を越えられたそうです」

「だとすれば、遠からずマルドー《ここ》に到着するな。カミル、出迎えの準備を」

「はっ」

深々と一礼する補佐の男。

それを横目に、アガタは窓の外に目をやった。

（そう、もうじきだ。ウェイン王子が到来し、ウルベス連合終焉《しゅうえん》の幕が開く……）

誰《だれ》一人知ることない、ほの暗い決意を胸に、アガタはその時を待ち続ける。

◆◇◆

「お、あの工芸品。面白《おもしろ》い形してるな」

「本当ね。あっちの露店には仮面がズラリと並んでるわ。縁起物《えんぎもの》の類《たぐ》いかしらね」

「見た感じ結構不気味だな……どういう文化が背景にあるか解らん」

結束の城壁を越えてしばらく。

無事東都マルドーに到着したウェインたちは、馬車から見える街の様子を見ながら、思い思いに感想を口にしていた。

「それにしても、連合の玄関口なだけあって、活気があるな」

ウェインの言葉通り、マルドーの出入り口付近は人で溢《あふ》れていた。市民、商人、巡礼者などが入り乱れ、盛況な様子が窺《うかが》える。

「おかげで馬車がなかなか進まないけどね」

「代わりに街の様子をゆっくり眺められるから、丁度いいさ」

「一理あるわね。……どことなく白塗りの衣装や建物が目につくのは、象徴としての色だからかしら」

ニニムの言葉にウェインは頷く。白柳のマルドー。その二つ名の通り、白をシンボルカラーとしているようだ。この都市に雪が降り積もれば、さぞ真っ白に染め上がることだろう。

「こうして入り口から見える部分だけでも、独自の文化や風習が感じられるな」

興味深そうに口にして、とはいえ、とウェインは続ける。

「そんな突拍子もない街って感じではないか」

「そうね。都市全体の造りも、典型的な西側の都に見えるわ」

ウルベス連合の誕生は外圧に対する警戒が先にあり、またシリジスもこの都市に対して一癖《ひとくせ》あると評価している。

　そのため、自分たちでは想像のつかない光景が待ち受けているやもと、二人は多少の心構えをしていたのだが――この様子だと、取り越し苦労だったか。

「まあ、何事もないならそれでいいんだけど」

「ウェインってばちょっと火種を見つけると、すぐトラブルを起こすものね」

「誤解されているようだから言っておくが、俺《おれ》は平和主義者だぞ」

「主張と実績が噛《か》み合わないようだけど？」

「そこはそれ、俺が平和を愛していても、平和が俺を愛するとは限らないってことさ」

「その減らず口が収まらない限り、一方通行の愛で終わりそうね」

かもしれないな、とウェインは笑った。

　ニニムは嘆息しながら、改めて街並みへと視線を向ける。

　そして、気づいた。

「……ウェイン」

「ああ、解ってる」

　視線を鋭くするニニムの前で、ウェインは事もなげに頷く。

「都市の中央に近づくにつれて、明らかに空気が変わってきてるな」

　二人が話しているうちに馬車は商業区を越え、都市中心の行政区へと差し掛かっていた。

目的地は行政区にあるアガタの屋敷ゆえ、予定通りの道行きなのだが——行き交う人々の纏《まと》う空気が、商業区にあった明るさと打って変わって、重く、鋭くなっていた。

「よそ者を歓迎するのは表通りまで、ってところかしら」

ニニムは警戒を強める。外国の使節を乗せた見慣れぬ馬車に向けられる、人々の視線。そこに含まれている感情が、好奇だけではなく不信や疑念といったほの暗いものであると、彼女は感じ取っていた。

その一方で、対面のウェインは傲然《ごうぜん》と笑みを浮かべる。

「外国人を全面的に排斥するんじゃなくて、利用できる部分は利用するわけか。いいね、思ったより強《したた》かじゃないか、ウルベス連合」

「何事もないならそれでいいって言葉、忘れないでよ？」

「もちろん。とはいえ——」

馬車が止まる。辿《たど》り着いたのは、白塗りの壁に柳の紋章が刻まれた屋敷の前だ。

ウルベス連合東都マルドー代表、アガタの屋敷である。

「既に火中にいると思って行動した方が、いいかもしれないけどな」

ウェインとニニムは揃《そろ》って馬車を降りた。

そこに待ち受けるのは、一人の精悍な男だ。

「お待ちしておりました、ウェイン王子」

年の頃はウェインよりも少し上だろうか。白い建物の表面に浮かび上がるような、黒い意匠の服を纏う彼は、深々と一礼しながら言った。

「私はアガタ様にお仕えするカミルと申します。どうぞこちらへ。主《あるじ》の下へご案内します」

カミルと名乗った男に先導される形で、ウェインはニニムと護衛を連れて屋敷へと踏み入る。

屋敷内の装いは清廉にして整然としていた。恐らくは主君、アガタの気質の表れだろう。飾られている美術品は、道中の露店にあったものと同じ文化を根底に持ちながら、完成度の点においで遙《はる》かに上であると、一目で分かる。

「これらの美術品は、アガタ卿が収集されたものかな？」

「はい。より正確には、アガタ様も含めたウィロウ家が代々集められたものです」

「なるほど。連合産の美術品の造詣は深くないが、それでもウィロウ家の審美眼が確かなのは解るな」

「さすがお目が高い。仰る通り、どれも厳選された価値ある美術品です。あちらのタペストリは今はもう絶えた技術で染められたもので――」

情報収集も兼ねて、カミルと他愛《たあい》のない雑談を繰り広げるウェイン。

その一方で、当然ながら護衛の神経は張り詰めていた。何せここは外国の有力者の拠点だ。護衛という職務上、油断できるものではない。そしてそれは、目立たぬよう最後尾をついて行くニニムも同じだ。

（衛兵の数、位置の確認。脱出経路の想定も必要ね）

ウェインが摂政になってからのトラブル続きを思えば、考えすぎて困ることはない。彼の言う通り、ここは既に火中かもしれないのだ。

（一番はアガタとして……あのカミルって人、人質としての価値はあるかしら？）

物騒極《きわ》まる思考だが、いざという時の盾は多いほどに良い。ウェインの出迎えを任されていることや、洗練された立ち振る舞いからして、アガタにとってカミルが無価値ということはあるまいが――

と、その時、おもむろにカミルが振り向いた。

（わっ――と）

ニニムは咄嗟《とっさ》に顔を下げて視線を切る。

どうやら不躾《ぶしつけ》に眺めすぎていたようだ。幸いにも、カミルはニニムに何か言及することはなく、すぐさま隣のウェインへの応対に戻った。

内心でホッと息をつきつつ、ニニムはそっと髪先を指でいじった。

（髪は……バレてないわよね？）

黒く染められた髪。フラム人と気づかれないための小細工だ。しかし赤い瞳《ひとみ》は誤魔化《ごまか》せないため、あまり目立てば露見する可能性はある。余計なトラブルの芽は回避したいところだ。

（特に道中からすると、ウルベス連合は外国人に厳しいみたいだものね）

今後は一層身の回りに注意をしなくてはいけない。

そしてそんなことを考えているうちに、一行は大きな扉の前に到着していた。

「アガタ様、ウェイン王子をお連れしました」

「入れ」

返事に応じて、カミルが扉を開く。

応接間であるその部屋には、老境の男が一人、席についていた。

選聖侯にして白柳のマルドー代表、アガタ・ウィロウである。

「久しぶりだな、ウェイン王子」

「お元気そうでなによりです、アガタ卿」

祖父と孫ほどに年の離れた二人。されど浮かべる笑みは同質のもの。

それはさながら、好敵手《こうてきしゅ》を前にした獣のようだと、ニニムは思った。

◆◇◆

「ここまでの道中、雪で難儀はしなかったかな？」

「いえ、幸いにも積もる前でしたので。帰りはどうなるか解りませんが」

ナトラ王国の代表とウルベス連合の代表による会談は、穏やかに始まった。

「あまり積もるようならば、帰途はソルジェストまで海路という手もあるな」

「船はあまり得意ではないもので。できれば今年が暖冬であってほしいところですね」

お互い高い地位にある身なれど、年齢差は大きい。それゆえ、アガタは年長者として落ち着きある振る舞いを見せ、ウェインはこれに敬意を持って対応している。

（……もちろん、あくまで表向きだけれど）

ニニムを含め、室内に控えている者たちは全員が感じていることだろう。この和《なご》やかな空気の底で、二頭の見えざる獣が牙《きば》をむき出しにしている様を。

「ふふ、ウェイン王子にも弱点があったか。先の選聖会議の折に見せてもらった、凄《すさ》まじい活躍を思い出すと、とてもそうは思えないな」

「私の活躍など。ただ物事の流れる方角を少しばかり動かしただけですよ」

「その少しばかりに、どれほどの国が影響を受けたことか」

アガタは小さく笑いながら言う。

「選聖会議の最中に王弟ティグリスを亡くしたベランシア王国は、レベティア教を糾弾《きゅうだん》し、両者の関係はかつてないほど悪化している。バンヘリオ王国のシュテイルは半ば独断で軍を動かしたことで、国内から反発を浴びているそうだ。ファルカッソ王国は飢饉《ききん》の兆しが出たところで、東レベティア教が無償で食料を配布し、王家への支持が揺らいでいると聞く」

アガタの語る内容は、当然ウェインも押さえている。選聖会議という嵐《あらし》によって引き起こされたこの荒れ模様は、容易には片付くまい。

「飢饉の兆しは、ファルカッソのみならず他の西側の国々でもあると聞きます。幸いナトラは無事ですが、いやはや、今年の冬はどこも大変だ」

いけしゃあしゃあと口にして、さらにウェインは笑って言った。

「仮に国内がゴタついても、今この時ならば諸外国からの干渉は避けられるでしょうね」

「……」

おもむろにアガタは片手をあげた。

するとカミルも含めて控えていた衛兵たちが、一斉に部屋を出ていった。

これにニニムと護衛たちは、どうすべきか視線でウェインに問いかける。ウェインは小さく頷き、衛兵たちと同じく部屋を出るよう促した。

そうして部屋に残るのは、ウェインとアガタの二人のみ。

「それでは、本題に入ろう」

厳かな口調で、アガタは語り始めた。

◆◇◆

応接間から出たニニムたちは、同じく部屋を出たカミルに案内される形で、隣にある従者用の控えの間へと移動した。

　もちろん念のため応接間の扉の前には護衛を一人置いてある。可能なら自分がそこに身を置きたかったところだが、ここでは目立たないことを優先した。

（ともかく会談が無事に終わってほしいけど……）

　果たしてあの二人は、どのような駆け引きを繰り広げているのだろうか。十中八九ろくでもないことは間違いないだろうが、せめて穏便な着地はして欲しい。

　そんな推測を脳裏《のうり》で巡らせていると、不意に声がかかった。

「もし、お名前を伺《うかが》ってもよろしいですか？」

　声は同室していたカミルのものだ。

　他の護衛に声をかけたのかと、ニニムは一瞬視線を周りに走らせ、それからカミルの視線が自分に向かっていることを改めて確認し、僅かな逡巡《しゅんじゅん》とともに答えた。

「……ニニム。ニニム・ラーレイです」

　するとカミルは小さく頷いて、

「ああ、やはりそうでしたか」

「やはり、とは？」

「ウェイン王子にはニニムという優秀な補佐がいると、噂《うわさ》に聞いていましたので」

　ここで、彼が知っているのが自分の名前だけ、と考えるのはあまりに楽観的だろう。少し調べれば、王族の側近にフラム人がいることはすぐに解ることだ。

「……僭越《せんえつ》ながら、あまり私に近寄らない方がよろしいかと」

事情を知らなければ非礼とも言える態度だが、カミルは微笑を浮かべた。

「人の真価とは、生まれではなく歩いてきた道行きにこそあると私は思います」

「素晴らしいお考えですね。しかしその思想に至れるのであれば、万民が同意しえないということにも考えが及《およ》んでいるのでは？」

「他人の顔色を道しるべにしたところで、先にあるのは枯れた泉ですよ」

「ですが渇き苦しむ者として同情されることはできます」

「それならば、満ち溢れる者として妬まれる方を選びましょう」

「……」

ニニムは嘆息した。退く気はない、ということらしい。

穏やかな顔をして、とんだ頑固者だ。しかも厄介《やっかい》なのは彼から悪意を感じないことか。いっそ敵対してくれるなら、回避のやりようもあるのだが、こうなると難しい、

「……カミル様、と呼ばせていただきます」

ゆえに、ニニムは観念して片手を差し出した。

カミルは嬉《うれ》しそうに手を握り返した。

「カミルと呼び捨てにしてもらって構わないのですけどね」

「どうかご容赦を。私は無位無官《むいむかん》の身ですので」

「では、私はニニム殿と呼ばせていただきましょう。互いに主君を支える身、貴女《あなた》とは是非とも話がしてみたかった」

「……お手柔らかに」

目立たぬようにするはずが、予想外の展開だ。

しかしこうなっては仕方ない。カミルとの会話で有益な情報が得られるかもしれないと考えて、ウェインが戻ってくるまでの間、ニニムは彼の話し相手を務めることにした。

◆◇◆

「もうじきウルベス連合で行われる調印式について、知っているか？」

アガタの言葉に、ウェインは小さく頷く。

「十年に一度、都市の代表が集まって色々話し合う式典と聞いてるな。中でも連合継続の是非についての議論は毎回やりとか」

「そうだ。連合に参加する都市は、調印式の際に連合から脱退する権利を持つ。全《すべ》ての都市の権限を等しくするという、連合設立当初の理念によるものだ」

「しかし実際に脱退なんてしないだろう？」

ウェインは言った。

「調べた限りだと、四都市の産業は依存し合い、経済は雁字搦《がんじがら》めになっている。脱退なんてすれば、残る三都市に攻め落とされるか経済破綻するかだ」

そのため調印式は、今や各都市が自分の勢力を誇示《こじ》するためのデモンストレーションの場になって久しいという。

そして市民は市民で、都市の未来を決める重大な式典などではなく、十年に一度のお祝い事と捉《とら》えている方が大勢と聞く。

「その言《げん》は正しい」

アガタは頷き、その上で続ける。

「ただし、それは少し前までの話だ」

「ほう……？」

不穏を匂《にお》わせるアガタを前に、ウェインは瞳に興味の光を宿した。

「王子、連合の維持にあたって、最も重要なものはなんだと思う？」

「等しい力関係だ」

ウェインは即答した。

「連合を組むだけなら、あるいは共通の敵を作ることでも成立するだろう。しかし連合を維持するとなれば話は別だ。持ちうる力に差があれば、時が経《た》つほど歪《ゆが》みは加速していく」

これにアガタは深く頷いて、

「まさしくその通りの現象が、今、ウルベス連合で起きようとしているのだ」

「と、いうと？」

「東都マルドーは、長らく連合の玄関口であった。外から入ってくる物も、中から出ていく物も、大半がここを通っていた。目立った産業のないマルドーにとって、それこそが価値だった。しかしここ十数年、造船技術の発達による船舶の進歩と海路の整備によって、西都ロイノクからの人や物の流入量が増大している」

アガタは更に続ける。

「肥沃《ひよく》な土地を持つ南都ファクリタもだ。農法の改善により、農産物の収穫量を大きく増やした。それでいて輸出する際に、西都ロイノクを利用することが多くなっている」

なるほど、とウェインは理解する。収穫量を増やした南都。大容量の輸出を可能とした西都。両都の関係はまさに蜜月となっていることだろう。

そして古来より、交易が強い地域というのは豊かになるものだ。

それこそ、連合の力関係をも歪ませるほどに。

「西と南の目的は統一でいいのか？」

「最終的にはそこを見据えているはずだ。とはいえ一足飛びにそこに至るのは現実的ではない。まずは段階的に、たとえば私を追いやり、息のかかった者を東都の代表につける、といった手段を取るだろう」

「代表で選聖侯といえど、その地位は絶対ではないと」

「そうだ。代表に大きな権限があるのは事実だが、その地位に居座るには多くの有力者からの賛同が必要であり、支持を失えば失脚する。選聖侯としての身分も、東都代表の地位に付随するものだ」

アガタが選聖侯なのは、対外的なウルベス連合の顔役だからであり、東都の代表でなくなれば、必然的に選聖侯の地位も後任に譲らねばならない、ということである。

「……俺が東都を率いる立場なら、北都を引き込むな」

東都の本心としては、南都と西都の蜜月関係に交ざりたいところだろう。

しかしそれを実現する手札がない以上、次善の策を練らねばならない。それが北都と手を組み、連合の力関係を均等化させるという方法だ。

ところが、これにアガタは否《いな》を突きつける。

「そちらは現実的ではない。北都アルティはマルドーに対して……いや、連合そのものに対して悪感情を持っている」

「それはまた意外だな。なぜだ？」

「二十年ほど前だ。当時の北都の代表者が他国に内応していたとして、一族もろとも処刑された。残る三都はこれを利用し、都市代表になれる条件の一つに世襲を盛り込んだ。一族が潰滅した北都は、当然代表者を出せなくなった」

「……それはそれは」

連合は代表者による合議によって成り立つ。逆説的に言えば、代表者が選出できなければ、合議に参加できない、ということで押し通したのだろう。

「三都は己《おのれ》を富ませるため、北都を虐《しいた》げることに決めたわけだ」

自分たちの代表がいない間に、不利な条約が山積していくのを眺めるしかない北都の民の心情は、もはや語るまでもない。恨《うら》み辛《つら》みは当然のこと。いっそ連合からの脱退を、とすら望んでいることだろう。

「だが、実際に脱退すれば三都から攻撃され、本当に食《く》い潰《つぶ》される。ゆえに怒りを、不満を、溜《た》め込《こ》むしかない。――ははは、そりゃ嫌われるわな。しかも自業自得ときてる」

「言い訳をさせてもらうのならば」

「主導したのは西都と南都で、自分にそのつもりはなかったとでも？　あまり俺を失望させてくれるなよ、アガタ」

「……そうだな、今のは失言だった。忘れてくれ」

ウェインは小さく肩をすくめてから、ともあれ、と続けた。

「話は解った。西都と南都には力をつけられ、北都からは敵意を抱かれ、にっちもさっちもいかなくなってると。外患がなくても内憂だけで死にそうだな」

「それゆえに、そなたを招いたのだ、ウェイン王子」

アガタの声音《こわね》が一際《ひときわ》神妙になった。

「この状況を私は奇貨とし、東都によるウルベスの統一を成し遂げるつもりだ。まずは西都と南都の関係にヒビを入れる。そのために、類い希《まれ》なる才気を貸してもらいたい」

二回り近く年下のウェインに、アガタは真《ま》っ直《す》ぐ頭を下げた。人目がないとはいえ、仮にも国を代表する人間がここまでするとは、滅多にあることではない、普通の人間ならば、恐れ多いと逆に恐縮するところだ。

「……西と南を分断するってのは理に適ってる」

しかし当然ながら、そんなものに絆されるウェインではない。

「手を組んでいるからこそ脅威だが、両都が自分の都を頂点とした統一を狙《ねら》っているのなら、潜在的にはライバル同士だ。この二つが仲違いする土壌はあるし、付け入る隙もあるだろう。──だが、部外者の俺に何ができると？」

ウェインはあくまでも外国からの来訪者だ。連れている人材も、物資も、資金も、個人でみれば潤沢だが、とても一国に干渉できる程ではない。

「近々、西都の代表が主催する宴席がある。南都の代表も出席するはずだ。そこに貴殿をねじ込んだ。まずはそこで、両人の人となりを確かめてもらう」

「その後は？」

「戻ってきた時に用意している計画を教えよう。なに、貴殿は気に入ってくれるはずだ」

「………」

ウェインは即答せず、しばし沈黙した。

彼の眼差《まなざ》しはアガタを真っ直ぐに見つめる。相手の心を覗こうとしている、などという生ぬるいものではない。アガタの腹の内をこじ開けんとする、暴力的なまでの意志の力がその瞳には込められていた。

しかしアガタもさるもの。若造ごときに見抜かれるつもりはないと、ウェインの視線から顔を逸《そ》らすこともせず、泰然と受け止めてみせる。

「……いいだろう」

やがて、ウェインはゆっくりと切り出した。

「貿易の件を間違いなく履行してもらえるのなら、そちらの予定通りに動こうじゃないか」

「無論だ。最大限の便宜《べんぎ》を図ることを約束する」

「なら決まりだ」

ウェインとアガタは握手を交わす。

かくして、両雄の密約はここに成立した。

そして——

◆◇◆

「アガタ、裏切っちまおう」

「は？」

馬車に戻ったところで発せられたウェインの宣言に、ニニムは目を丸くした。

様々な政治的思惑から、根底が揺らごうとしているウルベス連合。

ウェインという来訪者が舞台に上がり、この地は波乱の展開を迎えることとなる――

第三章　オレオムとレイジュット

「うーん……」

逗留《とうりゅう》先として用意されている屋敷の一室。

そこでウェインは悩ましげに唸《うな》っていた。

「これが家内安全の仮面か……」

彼が手に持っているのは、見るからにおどろおどろしい意匠の仮面である。仮面はウルベス連合で広く売られている工芸品の一つらしく、試しに幾つか手に入れてみたのだ。

「自分自身が恐ろしいものになりきることで、外からの脅威を阻む、といったものだそうよ」

傍《そば》にいたニニムが仮面を手にしながらそう口にする。

「にしたってこれ、子供が見たら泣くだろ」

「その反応はむしろ名誉みたいね。それぐらい迫力があるって証明だから。今は時期じゃないけれど、こういった仮面をつけて都市を皆で練り歩くお祭りもあるみたい」

薄暗い夕闇《ゆうやみ》を、恐ろしい仮面をつけた一団が行進する様子を想像し、ウェインはうわあという気持ちになった。子供どころか、知らなければ大人だって腰を抜かしそうだ。

「他にも仮面だけの集会とかもあるって聞いたわ。そこでみんな、口々に日頃の不満を言い合うんですって」

「あー……抑圧的な都市だからなあ。仮面を付けて匿名とした上で、憂さ晴らししてるのか」

「すっかり定着しちゃってるせいで、行政側も黙認してるみたいよ」

そう言うとニニムは、持っていた仮面を顔につけて、

「さる高貴な人に仕えているのだけど、毎度トラブルを起こして困りものだ。——なんてね」

冗談めかした彼女の言葉にウェインは笑った。

「どこの誰《だれ》かか知らないが、ひどい奴《やつ》がいたものだな」

ニニムもくすくす笑いながら応じる。

「ウェインも試しにつけてみたら？」

するとウェインは気取った様子で髪をかき上げた。

「いや、俺《おれ》には必要ない。——この顔を人目から隠すだなんて、大陸の損失だからな！」

「……」

「……」

ニニムはそっと仮面をつけなおした。

「さ、そろそろ仕事に戻りましょうか」

「あの、ニニムさん……！　スルーはちょっと心が痛いんですが……！」

「ニニム？　私は通りすがりの仮面女子フラムちゃんですが」

「……部下がへそを曲げてしまったんですが、どうしたら良いと思いますかフラムちゃん！」

「馬鹿《ばか》なことを言ってないで、きちんとお仕事をこなせば機嫌を直すと思います」

「はい……」

ぐんにょりとするウェインの鼻先に、仮面女子フラムちゃんことニニムは資料を置いた。

「状況を整理しましょう。まず、私たちの目的はウルベス連合との貿易の締結よね」

ニニムは続ける。

「理由は、パトゥーラとの貿易が大幅に縮小されることで、その代替が必要になったから」

「そう。そして貿易締結の代わりに陰謀への協力をアガタから求められて、北の国から遙々《はるばる》やってきたわけだ」

気を取り直したらしいウェインが言う。

「ただし、こうして現地に来たことで、予想と違う状況が見えてきた。アガタは対外的な連合の代表であり、選聖侯も務めている。都市ごとに等しい権限があるとされていても、頭一つ抜けた影響力があると考えていたんだが……」

「話を聞く限りだと、全然そんなことなさそうよね」

ニニムは首をひねる。

「連合において重視されるのは都市の持つ力で、レベティア教っていういわば外部の権威については、さほど効果がないのかしら？」

「理由については今は置いておこう。それよりも問題は、アガタの持つ影響力が低いということは、先の条件だった貿易締結が空手形に終わる可能性が高いってことだ」

アガタは自分の下で連合の統一を望んでいるという。

仮にそうなれば、なるほど、ナトラとの貿易締結も手配できるだろう。

しかし統一が失敗すれば、当然ウェインとの密約など無かったことにされる。何せ統一せずしてアガタに密約を履行する術《すべ》がないからだ。

「もう少しマシな状況だと思ってたんだけどなあ」

もちろんウェインとてリスクについては考慮に入れていた。しかし、アガタに十分勝ち目はある。あるいは、負けても何かしら拾って帰れるとも考えていた。

しかしフタを開けてみれば、アガタの置かれている状況はかなり悪い。骨折り損で帰国するのも現実味を帯びてきている状況だった。

「――で、それならさっさと裏切っちゃおう、っていうことよね？」

「そういうことだ」

ウェインの目的は貿易の締結で、アガタによる統一はその手段でしかない。ナトラとしての立場で言ってしまうと、他の手段で目的を達成できるのであれば、統一できようができまいがどうでもいいのだ。

そして他の手段の道筋は、既に導き出されていた。

「ウルベス連合西都、青雲《せいうん》のロイノク」

ウェインは言った。

「海路を抑えている西都ロイノクの代表と、直接話をつけられれば、アガタをすっ飛ばしてこちらの目的を達成できる」

これにニニムは頷《うなず》きつつ言った。

「その意見には同意するけど、懸念《けねん》すべき点がいくつかあるわね。まず一つ目、それをした場合、アガタは当然こちらと敵対するわ」

「そうだな。しかし敵対したとしてそこまで脅威になるか疑問だ。なにせ国内の案件のために国外勢力である俺を呼ぶくらいだ。俺がさっさと手を切った場合、そのまま西都と南都との政争に負けて失脚する可能性は高いと考えられる」

アガタは高齢だ。失脚すれば返り咲くのは簡単ではないだろう。そしてその結果どれだけアガタから恨まれようと、権力を失ったのであれば問題ない。

「じゃあ二つ目。ロイノクの代表と取引が成立するかどうかよ。なにせウルベス連合との貿易は、一度断られてるもの」

以前、ナトラがソルジェスト王国の港を借り受けることになった際、ウェインは西側の海沿いの国に片っ端から貿易を打診したことがある。しかしウェインの悪名を危険視されたのか、返事はなしのつぶてだった。そしてそのうちの一つに、ウルベス連合は含まれている。その時の窓口はもちろん西都だ。

「こればかりは話してみないと解らん。だが、芽はあるだろうと思う。あの頃《ころ》とはまた大陸西部の状況が違ってきてるしな」

「それなら最後に三つ目。その西都の代表と会えることになってるけど、セッティングをしたのがアガタなのが気になるわよね」

「そこなんだよなあ」

ウェインは呻《うめ》いた。

裏切るためのお膳立てはされている。しかしそれをしたのが裏切られる側のアガタだというから、とても楽観的にはなれない。

「俺が裏切る可能性について、アガタの考えが及《およ》んでいないとは思えん。そして裏切りを警戒するなら、俺が西都や南都の代表と接触するのは回避させたいはずだ」

「けれどあえてその場を用意した。……裏切られない自信がある、って考えるのが自然かしらね。警戒して然《しか》るべきだわ」

「だな。そして警戒ついでにもう一つ気になることがある」

「まだあるの？」

三つと思っていたニニムは小首を傾《かし》げ、そんな彼女にウェインは言った。

「今回の連合の統一……アガタがどこまで本気か見えてこない」

これにニニムは小首を傾げる。

「現状の情報だと、アガタは政治的にじり貧なわけでしょう？　それをどうにかするために外部からウェインを呼んだわけだから、本気も本気だと思うけれど」

ニニムの言うとおり、西都と南都の勢力に引き離されつつあるのが東都であり、アガタはここから逆転するためにウェインを引き入れた。それが今の流れなのだが――

「それにしてはアガタから、あんまりやる気を感じないんだよな」

権力者の座は甘美なものだ。表向きは平静を保っていても、いざ権力を失いそうとなれば、死に物狂いで抵抗するのが権力者の常である。

しかしその焦《あせ》りが、アガタから見て取れない。統一がゴールと口にしておきながら、同じレーンの上に立っていないように感じられるのだ。

「でも別の目的があると仮定して、心当たりは？」

「全く解らん」

あっけらかんとウェインは答えた。

まあそうよね、とニニムは頷く。この都市に来てから知った事情は多く、そしてまだ知っていない事情も多いだろう。アガタの真意を推理するにしても、情報が足りなすぎる。

「まあ、解らないことを悩んでも仕方ないか。一旦《いったん》横に置いといて、宴席に出席する準備にかかるとしよう」

「そうね。それと私は連合についてもう少し深く調べてみるわ」

ニニムは小さく息を吐く。

「できればついて行きたいけれど、ウェインが有名になったおかげで、傍《そば》に居る私も知られてきてるみたいなのよね。髪を染めてるとはいえ、フラム人の私はいつも以上に裏方に徹するのが良さそうだわ」

「そういえば向こうの補佐、カミルだったか？　フラム人と気づかれたんだってな」

「幸い差別意識は持っていないみたいだったけれどね」

ニニムは肩をすくめるが、実のところ幸いどころではない。あそこでカミルが暴言などを口にしていたら、そしてそれをウェインが耳にしたら、血が流れていた可能性がある。何事もなく会談が終われたことに、ニニムは心より安堵《あんど》していた。

「珍しい奴がいるもんだな。いや、レベティア教の影響が薄いなら、都市全体でフラム人への差別意識も薄い可能性はあるか？」

「だとしても、試す気にはなれないわ」

そこに逆鱗《げきりん》があると知っていて触れようとするのは、ただの自殺行為だ。ニニムとしては、ウルベス連合が灰燼《かいじん》に帰すような事態になってもらいたくはない。

「それに、そうでなくてもこの都市はよそ者に厳しそうだもの」

都市の移動中に感じた、住民からの視線を思い出す。まるで好意的とは言いがたいそれからは、排他的な空気がありありと伝わってきた。

「——よし、とりあえず方針としては、西都の代表と会ってみて、手を組めるか確かめる。アガタを裏切るかどうかは、それ次第ってところだ」

「一応言っておくけれど、くれぐれも慎重にね？　余計なトラブルは起こさないように」

するとウェインはにっと笑った。

「平和が俺を愛してくれることを祈っていてくれ」

「……逃げる準備だけはしておくわ」

観念したようにニニムは深いため息を吐いた。

◆◇◆

「おはようございます、ウェイン王子」

ウェインの出席する宴席当日。

逗留している屋敷の前に現れたのはアガタの補佐であるカミルだった。

「アガタ様より、本日は私が会場までの案内役を仰せつかりました」

「それはありがたい。なにぶんまだ都市の地理に明るくないものでな」

カミルは慇懃《いんぎん》に一礼した。

「準備がすんでおいででしたら、早速会場まで向かおうと思いますが、如何でしょうか」

「ああ、問題ない。向かうとしよう」

頷き、ウェインは背後に控えるニニムを振り返る。

「では行ってくる。留守の間は頼んだ」

「はい。お気を付けて、殿下」

ニニムに見送られ、ウェインたちは馬車に乗って出立した。


「ちなみに今回の集まり、どういう名目なんだ？」

馬車に揺られながら、ウェインは同席するカミルに問いかける。

「西都ロイノクの有力者と南都ファクリタの有力者の子息が、この度婚約する運びとなりまして。そのお祝いになります。婚約した男性が西都代表と近しい親類ですので、代表が主催という形になっていますね」

「なるほど、それはめでたい」

ウェインは一度頷いてから問いを重ねた。

「しかしだとすれば、西都で開かれるのが筋では？」

「西都と南都の間で政治的な駆け引きがあったとは思いますが、当の親類のお住まいが東都でしたので、恐らくはその流れかと」

「親類の祝いのためにわざわざ他の都市から東都まで、か。なかなか大変だな」

ウェインの素直な感想に、カミルは笑って言った。

「連合結成当初から、ウルベスでは都市間の融和政策が推進されてきました。おかげで各都市の人々は、今やほとんどが親戚同士という有様《ありさま》です。なので結婚式に呼ばれて各都市を行ったり来たりは、当たり前の光景ですね」

「なるほど……しかしそれだけ聞くと都市の結束は固そうに思えるな」

「ところがそう簡単には行きません」

カミルは深く嘆息する。

「融和政策によってウルベス連合の地盤が固まり、外国にも毅然《きぜん》とした対応ができるようになると、今度は都市間での競争が激化するようになりました。連合を組んでいても、自分たちの都市こそが盟主であるという自負があるのでしょうね。為政者側も、その方が都市が発展するとして、市民感情を煽った経緯もあります。……しかし結果として、他都市への敵愾心《てきがいしん》まで再燃させてしまったのです」

文化、思想、技術などは、人と人が切磋琢磨してこそ発展する。ゆえに競争自体は歓迎すべきことだろう。しかしそこに怒りや憎しみがあれば、大きな歪《ゆが》みとなる。

「その手の連中は俺も覚えがあるな。特に有力者がそうなると厄介《やっかい》だ」

「王子の仰《おっしゃ》る通りです」

ウェインとカミルは揃《そろ》って苦笑を浮かべた。直接差配できる立場にいる有力者たちにとって、自らの属する国や都市を、己《おのれ》の半身のごとく思うのは珍しいことではない。彼らは都市が繁栄すれば我が事のように喜び、逆に先行きが暗くなれば誰よりも心配する。節度を弁えているのならなんの問題もないが、過激な方へと走ると一転して厄介だ。

「そういった人たちにとって、親族の結婚は極《きわ》めて重要です。いつの間にか気に入らないあいつと近しい間柄になっていた、なんてことになりますからね」

「感情と実利、両面での利害調整が大変そうだな」

「それはもう。ウルベスの縁戚関係は入り組んだ迷宮ですよ。今回結婚するお二人も、揉《も》めに揉めて破談寸前になったところを、両都の代表がどうにか丸く収めたという話です」

そうして会話をしているうちに、二人を乗せた馬車は目的の屋敷に到着する。

既に他の招待客は集まっているらしく、屋敷の中には人の気配が多くあった。

「さてウェイン王子、そんな決して一致団結しているわけではないウルベスの民ですが、あるものを前にした時は話が変わります。その条件はお解りになりますか？」

「外からやってきた異分子を前にした時、だろう？」

正解とは口にせず、カミルは微笑《ほほえ》みを一つ浮かべると、屋敷の中へと踏み入った。

そして、空気が変わった。

「いやあ本日はめでたいことですな」

「全くです。空も晴れて実に清々《すがすが》しい」

そこは大人数を収容できる大広間。

右も左も招待客で賑《にぎ》わっており、そこかしこから声が届く。

それらは祝いの席に相応《ふさわ》しい、明るい声音《こわね》だが、しかしその内容はとてもではないが祝福に満ちたものではなかった。

「ははは、清々しいのは空模様のおかげだけではないでしょう」

「はて……ああ、そういえば、いつも空気を淀《よど》ませる東の連中がおりませんな」

「いやいや、よくご覧なさい。ほら、あの隅に」

「ふっ、居丈高に振る舞うことだけは連合随一の彼らが、随分と殊勝になったものだ」

「この調子で自らが落ち目だと認識してもらいたいものですな」

「なあに、私たち西都と南都の友好を見せつけてやれば、すぐに理解するでしょうとも」

ほの暗い嘲笑《ちょうしょう》を隠すことすらせずに、彼らは語り合う。それを歯嚙《はが》みしながら耐え忍ぶのは、彼らの言うとおり東都側の人間なのだろう。

(これは相当だな……)

東都に住む有力者の婚約を祝した宴席で、東都の人間が軽んじられている。つまりそれだけ舐《な》められているということだ。

（しかし、逆転の芽はありそうではある）

ざっと見たところ、広間の集まりの大半は西都と南都の人間で、東都は少数派、北都に至ってはほとんど眼中に置かれていないという状況だ。

それでいて西都と南都の人間は、自分たちの栄達を誇り、さも両都の友好が永遠であるように語り合っているが——その眼差《まなざ》しからは、互いを邪魔者と思っていることがありありと窺《うかが》えた。隙あらば出し抜こうという思惑が透けて見えるようだ。

（もっとも、それもすぐに収まることになるんだが）

他ならぬ自分——すなわち、外からの異分子の出現によって。

「おい、あれは誰《だれ》だ？」

「前を行くのは確かアガタ卿の部下だな。その後ろのは……」

「もしかして、彼がそうではないか？　例のナトラから訪れたという」

「ナトラの王太子、ウェインか……！」

ウェインが広間の中心に向かうにつれて、視線とざわめきが強くなっていく。その色合いは不信や疑念で塗り固められており、好意的とはとても言いがたかった。

「王子は一体何が目的でウルベスに……？」

「恐ろしく頭が切れるという話だ。何か目論見《もくろみ》があるのは間違いないだろう」

「招待したのはアガタ卿であろう？　となれば、東都の陣営ということか」

「それが正しいのならば、我らの敵になるな……」

周囲に敵意が満ちていく。案内役ゆえに巻き込まれているカミルでさえ、緊張に顔を強《こわ》ばらせる。彼らの視線が弓矢であれば、ウェインは今頃《いまごろ》ハリネズミとなっているだろう。

しかし当然ながら、今更そんなもので臆するウェインではない。傲岸に笑みを浮かべるその様は、鉄壁の城に陣取る君主であるかのようだ。

「……ウェイン王子、あちらにおられるのが」

「噂《うわさ》の西都代表か」

カミルに促されたウェインの目に映るのは、ウェインより少しばかり年上の男だ。

名をオレオム。西都ロイノクの代表の座に座る若き俊英である。

「──お久しぶりです、オレオム様」

先導していたカミルは彼らの前に立ち、恭《うやうや》しく一礼した。

「ああ、久しいなカミル」

オレオムがゆっくりと、慎重な声音で言った。アガタの補佐であるカミルのことは、向こうも覚えているようだ。

「息災なようで何よりだ。アガタ卿もお元気かな？」

「はい。お陰様で変わりなく過ごしております」

「結構な報せだ。……しかし、今日ここにお前を招待した覚えはないぞ？」

「はっ……本日は、この晴れの席に相応《ふさわ》しい御方をご紹介させていただきたく、こうして馳せ参じた次第です」

カミルに視線で促され、ウェインは一歩前に出る。

「ナトラ王国王太子、ウェイン・サレマ・アルバレストだ。こうして西都代表のオレオム卿と会えたことを、嬉《うれ》しく思う」

慇懃に挨拶《あいさつ》しながら、ウェインはオレオムの一挙一動を捉《とら》える。さあ、どう出てくるか。

「――これはこれは」

オレオムは柔和な微笑みを浮かべた。

「西都ロイノクの代表を務めております、オレオムと申します。噂のウェイン王子にお目にかかれて、とても光栄です」

「噂の、か。遙か西のウルベスにまで私の名前が届いているとは、いささかこそばゆいな。できれば良い噂であってほしいところだが」

「なに、どれも北方の竜を讃《たた》えるものばかりですよ。若くして数々の実績を成し遂げたウェイン王子を見習わねばと、私も常々思っています」

「なるほど、これは噂を聞いた者たちに失望されぬよう、襟《えり》を正す必要があるな」

ウェインとオレオムは穏やかに笑い合った。

会話だけ抜き取れば紳士的なやり取りだが、しかし見る者は察していた。オレオムの態度の節々に、ウェインを軽んじるものが含まれていることに。

もちろんウェインも気づいているが、それを咎めるでもなく、むしろ彼は笑みを深める。

「しかし若いといえば、オレオム卿も相当だな。アガタ卿がそうだったゆえ、代表というのは総じて高齢な人間が座に就いているものかと」

「先代が年齢から代表を務めることが難しくなり、数年前に私に代替わりしたのです。お陰で貫目《かんめ》が足りずに難儀《なんぎ》しているのですが」

そう応じてから、もっとも、とオレオムは続ける。

「こちらに向かってくる彼女に比べれば、私のそれなどそよ風のようなものでしょうが」

オレオムの視線がウェインの背後に向けられる。

釣られるようにして振り向くと、そこには一人の女性の姿があった。

「レイジュット、こちらは」

「見れば解るわ」

オレオムの言葉を途中で遮《さえぎ》り、その女性は毅然とした態度でウェインに言った。

「初めまして、ウェイン王子。私はレイジュット。南都の代表をしているわ」

年齢はオレオムと同程度だろう。すなわち、数万の都市の代表者としてはかなり若い部類だ。

「……南都も最近代替わりを？」

「ええ。私と同じ時期です」

ウェインの疑問にオレオムが答える。なるほど、とウェインは頷いて、

「これは難儀してそうだ」

「でしょう？」

「……何の話かしら」

「お互い苦労しているということだよ、レイジュット」

オレオムは肩をすくめる。

レイジュットはしばし胡乱《うろん》なものを見る目つきでオレオムを睨《にら》んでいたが、やがて切り替えたのか、ウェインに向き直った。

「まあいいわ。それよりウェイン王子、単刀直入《たんとうちょくにゅう》に聞くけれど、何が目的でここに来たのかしら。まさか、今回婚約した二人を祝福に来たとは言わないでしょう？」

細やかな所作に侮《あなど》りを見せるオレオムと違い、レイジュットはハッキリと突き放した態度だ。腕を組み、強い目でこちらを睨みつける様子からは、友好的になろうという意志はとても感じられない。

「そのまさかだと言ったらどうする？」

そんなレイジュットの態度にも、ウェインは余裕を見せながら応じる。

「実は私は他人の幸せを祝うのが大好きで、本国でも仲人《なこうど》王子とあだ名されるほどでな。誰か

が婚約や結婚をするとなると、こうしてつい駆けつけてしまうのだよ」

嘘八百《うそはっぴゃく》を平然と並べると、レイジュットは露骨に顔をしかめ、オレオムは愉快そうに肩を揺らした。

「徳の高いことですな。ウェイン王子に祝福していただけたとなれば、今回婚約した二人にとって生涯の誉れとなるでしょう」

「それを信じろと？　西側で今起きつつある飢饉《ききん》は、王子の策略によるものという噂まで流れている貴方《あなた》の、そんな戯言《ざれごと》を」

「……オレオム卿、私の噂は良いものばかりという話では？」

「竜にとっては悪名も名誉の内かと存じます」

しれっと言い逃れるオレオムに、なるほど、とウェインは鼻を鳴らす。

その上で彼はレイジュットに言った。

「人為的に飢饉を起こすなど、人の手でできるものではない。手段が現実的でないというのはもちろんだが、それ以上に心が持たないだろう。もしもできるとしたら、それはきっと人の心を持たない悪鬼くらいだ」

「あるいは、悪竜かもしれませんね」

「おお、ならば逆鱗の位置は確かめておかねばな。不用意に触れれば骨まで灰にされかねんぞ」

ウェインとオレオムは笑い合った。空恐ろしいほど乾いた笑いだった。

「……くだらない」

そんな空気を切り捨てるようにレイジュットが口を開いた。

「殿方の鞘当てほど見ていて無意味なものはないわね。ウェイン王子、まだその茶番を続けるようなら、私はもう行くわよ」

「茶番も何も、言った通り、私はお祝いと挨拶に来ただけなのだがな」

「……そう。じゃあアガタに伝えて頂戴《ちょうだい》」

レイジュットは高らかに宣言した。

「どんな小細工をしても、貴方の時代は終わり。これからのウルベス連合は、南都ファクリタを中心に回るわ――とね」

それだけ言うと、レイジュットは踵《きびす》を返した。その姿からは最初から最後まで、強い意志が感じられた。

そんな彼女の真《ま》っ直《す》ぐ伸びた背を見送りながら、オレオムは肩をすくめた。

「いやはや、一国の王太子殿下にとんだ失礼を。彼女は昔から気が強いもので。愛嬌《あいきょう》の発露《はつろ》と思って許していただきたい」

「それは構わないが、彼女の意見に君は同意するのか？　オレオム卿」

「まさか」

オレオムは笑って言った。

「次代の中心になるのは、西都ロイノクですとも。――それでは他に回るところもあるので、私はこれにて。どうぞ宴《うたげ》を楽しんでください、ウェイン王子」

そうしてオレオムもまた、ウェインの前から立ち去った。

（……代表の人となりを確かめてこい、か）

ウェインは素早く周囲に目を走らせた。他国の王子に対する代表二人の態度を諌《いさ》めようとする者は、最後まで出てくることはなかった。それどころか、彼らに同調するような囁《ささや》きが今も聞こえてくる。

「ウェイン王子、申し訳ありません。まさかここまで露骨な態度を取るとは……」

黙って推移を見守っていたカミルが、ようやく口を開く。立場上割って入れるものではないが、招待した他国の人間にこのような非礼をされたのだから、顔色は悪い。

が、ウェインはまるで気にせずに応じた。

「案ずるな。この程度で腹を立てているようでは外交など立ちゆかんさ。――まして、あれがやむにやまれずとなれば、なおさらな」

「は……？」

言葉の意味するところを理解できず、カミルは目を瞬かせる。

そんな彼の表情を無視してウェインは続けた。

「それよりせっかくの席だ。代表以外の他の有力者とも顔を繋《つな》いでおく。カミル、めぼしい相手を紹介してくれ」

「は、はい、解りました」

困惑を抱えつつも、カミルは言われた通り案内をする。

それについて行きながら、ウェインは今後の方針を練り始めた。

◆◇◆

ウルベス連合東都、白柳《はくりゅう》のマルドー。

その人気のない路地を歩きながら、ニニムは嘆息した。

(最初の印象の通り、街の作り自体は古都ルシャンに似ているけれど……)

大陸西部の都市は、その多くがレベティア教の本拠地である古都、ルシャンのデザインを踏襲している。

それだけルシャンの完成度が高く、またレベティア教の影響力が強い証拠であるのだが、これはマルドーであっても例外ではない。町中を見渡せば、以前訪れたルシャンを想起させる場所がいくつも見つかる。

そんなマルドーがルシャンと違うのは、都市全体に漂う空気だ。

(息苦しい)

都市を見て回ったニニムの正直な感想が、これだった。

たとえばルシャンもレベティア教のお膝元《ひざもと》というだけあって、厳粛な雰囲気があった。息が詰まると感じる人も居るだろう。しかしマルドーの空気は、それとはまた違う。

ルシャンと同じく張り詰めているが、そこに神聖な気配はない。言うなれば、獣同士が縄張り争いをしているかのような緊張感があった。

(これも連合の弊害なのかしらね)

公式な政策ではないが、都市はいくつもの区画で分けられている。商人たちのいる区画、職人たちのいる区画、貴族や有力者の住む区画などだ。

もちろんそういった線引きは、マルドーのみならず他の都市でも見受けられることだが、特にここは顕著である。それぞれの区画に固有のルールがあり、所属している人間以外が出入りするのをひどく嫌っているのが見て取れた。

それゆえ、彼らのよそ者を見分ける能力は凄《すさ》まじく、ニニムはどこへ行ってもジロジロ見られる始末だ。目立ちたくない彼女にとって、これほど厄介な状況はない。

(収穫はあったのが幸いね)

連合について、マルドーについて、アガタについて。

聞き込みや調査をすることで、新たな情報を得ることができた。戻ったらウェインと共有しなくては。

　そんなことを考えながら、ニニムは帰途につこうとして、
　路地の先にある、それを見た。

「――――」

　あるいは、どこかで期待していたのかもしれない。

　たとえばカミルの寛容を見て。たとえばルシャンと似て非なる都市を見て。

　南国パトゥーラと同じように、西側に属していながらも、マルドーはレベティア教に毒されず独自の文化を築いているのではないかと。

　だからこの都市では――出会っていないだけで、フラム人たちが元気に過ごしているのではないのかと。

　そんなわけがないのに。

「っ……」

　ニニムは思わず目を伏せた。

　けれどその先にあった光景は、網膜に焼き付いている。

　粗末な服を着て、大きな荷物を持ち、足枷《あしかせ》を付けられた一人の男。

　その瞳《ひとみ》は赤い宝石のように輝き、髪色は透き通るような純白。

　ああ、間違いない。

奴隷《どれい》だ。フラム人の。

（……落ち着くのよ。こんなの、西側では珍しいことじゃないわ）

逸《はや》る動悸《どうき》を抑えるべく、そっと胸元《むなもと》に手を添える。

かつて、始祖と呼ばれるフラム人が、奴隷として虐《しいた》げられるフラム人のための王国を作った。

しかしその王国は崩壊し、フラム人たちは再び――いや、以前よりもずっと苛烈《かれつ》に虐げられるようになった。

けれどこの世に奴隷がフラム人しかいないわけではない。安価な労働力はあらゆる時代で求められるものだ。戦争に負ける、人狩りに攫われる、あるいは僅《わず》かな金銭のために自らを売る――様々な理由で、様々な人間が、奴隷の身へと落ちていく。

（だからこの光景も、ありふれたもの。感傷を抱く必要なんてない……）

帰ろう。今すぐに。

自分はフラム人だが、ナトラ王家に仕える身。優先すべきはナトラの利益《りえき》。他国の領地で奴隷を巡って一悶着《ひともんちゃく》を起こすなど、ウェインの足を引っ張る行為にしかならない。

だからこのまま顔を上げることなく、踵を返して、見間違いだったかもしれないと、自分に言い聞かせよう。

そう思って、けれど、体はその通りに動かなかった。気づけば、真っ直ぐに顔を上げてしまっていた。

「あっ……」

その先にまだ、フラム人はいた。それどころか立ち止まり、こちらをジッと見つめていた。

全身が総毛立った。直感する。黒く染めた髪であろうとも関係ない。自分がフラム人だと気づかれたと。

(まずい——逃げ——問題を起こしては——でも——)

駆け巡る葛藤が心と体を凍り付かせる。両者の視線が絡《から》み合《あ》っていた時間は、数秒だったろうか、数分だったろうか。その無限に等しいニニムの苦悩の果てに、フラム人の男は少しだけ困ったような顔になってから、

「——ふ」

微笑んだ。

小さく、けれど慈愛に満ちた笑みだった。

そこにどのような意味が込められていたのか。答えを求める前に、フラム人はついと視線を外すと、何事もなかったかのように去って行った。

残されたニニムは、呼吸すら忘れ、長い間呆然《ぼうぜん》と立ち尽くしていた。

◆◇◆

「──でだ」

屋敷に戻ったウェインは、先日と同じように部屋でニニムとの話し合いに臨んでいた。

「どうも俺はオレオムやレイジュットから、完全に東都側と思われてるみたいでな、南都や西都と組むのは難しそうだ。まあ現状でも勝てそうなんだから、余計な国外の手を借りたいなんて思わないのも道理ではあるが」

「……」

「ただし両都の間に溝があることも間違いなさそうだ。今は手を組んではいるが、それも東都を潰《つぶ》すまで。東都が片付いたらやり合う気満々って感じだったな」

「……」

「……ニニム?」

呼びかけに、ニニムはハッとなった。

「あ、ご、ごめんなさい。少し考え事をしてたわ」

この反応を受けて、ウェインは沈黙を挟むと、真っ直ぐニニムを見つめて言った。

「ニニム、一度だけ聞く。……問題は?」

「──ないわ」

ニニムは断言した。

ウェインは彼女の言葉を噛《か》みしめるように瞑目《めいもく》した後、そうか、と小さく頷いた。

「なら話を続けよう。今後の方針についてだ」

ウェインに気を遣われていることを十分に理解した上で、ニニムは意識を切り替えた。

「両都と渡りをつけられないなら、アガタと組むしかないわよね？」

「順当に考えればそうなる。……これを見越して、アガタは俺を出席させたんだろうな」

ウェインは苦々しさを隠さずに言った。なぜアガタが敵に塩を送るような真似をしたのか謎《なぞ》だったが、両都と手を組めるはずがないと最初から高《たか》を括《くく》っていたのだ。

「ただし、一応他にもプランがある」

「どんな方法？」

「アガタに対しては消極的な協力に留《とど》める。そしてアガタが沈んだ後、ぶつかり合う西か南のどちらかにつけばいい」

ウェインにとってアガタを勝たせることは絶対ではなく、また両都が手を結んでいるのはアガタを倒すまでの限定期間だ。アガタが失脚した後、今度は両都が対立すれば、ナトラという外部の戦力は魅惑的に映ることだろう。

「とはいえこの方法には問題があってな」

「時間がかかる」

「それ」

ウェインは呻いた。

「アガタが失脚して、両都の対立が激化して、そこでようやく話し合いになるだろうからな。下手したら春までここで工作活動とかすることになるかもしれん」

「そんなに国を空けるのはさすがに悩ましいわね。ウェインの仕事は他にもいっぱいあるもの」

「……つまりウルベスに居続ければ仕事をサボれる？」

「ここでの仕事が無いわけじゃないのよ」

「ですよねー」

と頷いてから、ウェインは小さく、

「——まあ、シリジスを動かすには、俺がいない方が都合がいいんだけどな」

と、呟いた。

「何か言った？」

「いやちょっとお腹《なか》が空《す》いてきたなって」

「それなら話が終わったら食事を用意するわね」

ニニムはそう言ってから話を戻した。

「ただ、時間を考慮から外したとしても、本当に手を組めるかどうかは懐疑的ね。宴席での様子を聞く限り、二人の代表にかなり敵愾心を持たれていたんでしょ？　私も街を見て回って感じたけれど、この街の排他性は相当よ」

「いや、そこについてはそんなに心配していない」

「どうして？」

するとウェインは苦笑を浮かべた。

「まあ、若き為政者の宿命ってやつさ」

◆◇◆

「お帰りなさいませ、レイジュット様」

東都における滞在先の屋敷に戻ったレイジュットを、配下たちは恭しく迎えた。

「如何《いかが》でしたか、本日の集まりの方は」

「順調だったわ。アガタの策略でナトラの王太子がしゃしゃり出てきたけれど、無駄なあがきね。東都の失墜は揺るぎないわ」

「おお、さすがはレイジュット様」

レイジュットの力強い言葉に、部下たちは一様に感嘆を示す。

「レイジュット様さえおられれば、南都は安泰だな」

「そもナトラなど辺境の北国だろう？　そこの王子など何の価値がある」

「いや全く。アガタ卿も耄碌《もうろく》したものだ」

「この調子でいけば、オレオムの若造も下し、我らが南都が連合の盟主に……！」

息巻く部下たちを横目に、レイジュットは小さく嘆息して言った。

「しばらく部屋で考え事をするわ。誰も近づかせないように」

「ははっ」

部下たちに見送られ、レイジュットは私室へと戻る。

そして――

「あああああああやっちゃったあああああああ！」

うずくまって頭を抱えた。

「どうして！　どうしてこのタイミングでナトラの王子様が来るのよ！」

その苦悶《くもん》の満ちた声は紛《まぎ》れもなくレイジュットのもの。

纏《まと》っていた気高さなどかなぐりすてて、彼女は手近な寝台を何度も叩《たた》いた。

「もう少し早く、あるいは遅ければ、皆にも手を組むことを呑《の》み込《こ》ませられたのに……！」

レイジュットは若くして南都ファクリタの代表となった女傑だ。それは血筋はもちろん、能力も見込まれてのことである。

彼女は代表になる前から、非効率的な農業の改革に余念がなかった。自ら農地に足を運んで現場と活発に意見を交換し、創意工夫に褒賞を出した。他国の知見を積極的に取り入れることも忘れない。排他的なウルベスにおいて、彼女の行いはまさに改革だった。

もちろん反発はあった。しかし成果がそれを黙らせた。彼女の管理する農地は見るからに収穫量が跳ね上がったのだ。

結果が出たならば他の者たちも真似する方向へ切り替える。そしてレイジュットも農法を秘匿することはせず、進んで広めていった。これにより、南都の誇る農地の収穫量は跳ね上がり、彼女は代表の座を射止めることに成功した。

そして代表になった彼女が真っ先にしたことは、海路を持つ西都ロイノクと手を結ぶことだ。新たな販路を得たことで、南都は農作物を腐らせることなく、大きな富を得ることができた。

「こんなに頑張ったんだから、私の地位は盤石……とはならないのよね」

レイジュットはぐったりと息を吐く。

第一に彼女は若い。若いというのはそれだけで侮られる要因になり得る。

更に農業改革もだ。改革の恩恵を受けた人間は彼女を絶賛するだろう。しかしその陰では恩恵を受けられなかった人間、それどころか改革によって追いやられた人間などもいる。

その手の連中にしてみれば、レイジュットは仇敵《きゅうてき》でしかない、そこにウルベス連合特有の、住民の大半が親戚という環境が突き刺さる。彼らは縁ある人々にレイジュットへの不満を広め、反感の波を作り出そうとするのだ。

更に西都と手を結んだのもネックだ。ウルベス連合は四つの都市からなる対等な同盟。しかしその実、全《すべ》ての都市の住民が、自分のいる都市こそ盟主に相応しいと思っている。西都と接近したことで南都が豊かになったのは事実だが、その上で皆は「本来ならば相手がこちらに頭を垂れるのが道理。これでは本当に対等のようではないか」と不満を抱えているのだ。

「ほんとバッカじゃないの、バッカじゃないの、バッカじゃないの……！」

おかげでレイジュットは「今は仕方なく協力してるけどいずれは手を切る」というポーズを内外に示さざるを得ない。そうしなくては、すぐさま代表の座を引きずり下ろされるからだ。

「どうしてこんなにままならないの……！」

西都と手を組む前ならば、ナトラと繋ぎを作れた。あるいは、西都と手切れになった後でも可能だろう。しかし今はダメだ。今の南都は、過去最高に調子に乗っている。ああして手ひどく突き放さなくては、レイジュットは周囲から弱気で軟弱と見なされていただろう。

「はあ……オレオム様……私はどうすれば……」

レイジュットの呟きは、虚空《こくう》の中に消えていった。

◆◇◆

例えばこんな各国のジョークがある。

ナトラ王国の家には白粉がない。なぜなら、外に降り積もっているから。

ソルジェスト王国の家には皿がない。なぜなら、皿ごと食べてしまうから。

そしてウルベス連合の家には世界地図がない。

なぜなら、自分の国が中心でないのが許せないからだ――

「……結局のところ、我らは田舎者《いなかもの》であることを認められない田舎者なのだ」

西都代表オレオムは、私室で一人そう呟いた。

元々四都市は西の辺境で覇権を争っていた都市国家だ。その統治規模は決して広くはない。

ウルベスの民はナトラを北の辺境国とあざ笑うが、他国からすればウルベスも西の辺境国だ。

そして両国を比べてみれば、ナトラは今や大国への道を歩みつつあるが、ウルベス連合も後に続けるかといえば、難しいだろう、というのがオレオムの結論だ。

「地理の関係とはいえ、外交を東都に一任したのが失策だったのだろうな」

田舎の四つの都市が、連合という形になった際、彼らは二つの方針をとった。

一つは各都市が得意分野を伸ばし、他の都市の不得意な部分を補うことで、効率的な運営を行うというもの。

もう一つは融和を推奨しつつ、各都市の持つ競争心についてはあえて残し、切磋琢磨《せっさたくま》させようというもの。

「これらが間違いだったとは言うまいが……」

しかし、長すぎた。

各都市が本来の趣旨を忘れるほどに、ウルベス連合は長く続いてしまった。

結果、各都市は得意分野を伸ばした代わりに、取り柄の部分以外のノウハウをほとんど失ってしまっている。

自分たちが不得意なことを他の都市に任せるのは、まさに連合の本懐といえるが、そうしながら彼らは他都市への敵愾心を失っていないのだ。

そう、馬鹿《ばか》げた話だが、自都市だけで運営していく能力など持っていないのに、ウルベス連合の住民はほとんどがこう思っている。「面倒くさいことは他の都市にやらせればいい。それはそれとして、自分のいる都市が盟主になるべきだ」と。

「これがただの夢想で終わるのならば問題はなかった。しかし南都と西都が躍進し、東都が失墜しようとしている……」

南都と西都の住民は諸手《もろて》を挙げて喜ぶだろう。自分たちがウルベスの顔になるのだと。

しかし彼らの多くは気づいていない。すなわち、東都が担っていた外交を、自分たちが背負うことの意味を。ノウハウを失い、外国というものを正しく認識していない自分たちが、それをやらなくてはいけないことを。

そして彼らに気づかせても意味がない。彼らは根本的に自都市以外を見下しているのだから、どんなに困難を伝えたところで「他都市の連中ができたのだから問題ないだろう」と笑い飛ばすだろう。

「自分が専門の分野であれば、素人が玄人の仕事に首を突っ込むことの危険性を理解できる。だというのに自分が首を突っ込む側になると、『多分何とかなるだろう』と楽観を抱いてしまう。これは人の性《さが》かな」

皮肉げに口元を歪《ゆが》めるオレオム。

もちろん西都代表という座についている以上、自分は彼らを導き豊かにする義務がある。しかしそれが困難であることも事実だった。

今日のナトラなどその典型だ。本来なら友誼を結ぶべきだが、西都の皆はそれを認めない。ナトラの重要性を理解せず、自分たちの方が上だと確信しているからだ。

「レイジュット……私はどうすればいいのかな……」

苦悩に満ちた呟きは、誰に届くこともなく消えていった。

◆◇◆

「……なるほど。ウェインへの態度には、個人の感情よりも派閥への配慮があったわけね」

ウェインから説明を受けたニニムは、納得したように頷いた。

「両都の代表が代替わりしたのがここ数年って話は、私の方でも耳にしたわ。それぞれ派閥を掌握しきれていなくてもおかしくないわね」

オレオムもレイジュットも能力に対する評価は高い。だというのに派閥の人間は彼らを全面的に支持していない。若く有能な次代にバトンタッチができたのに何を贅沢《ぜいたく》な、と帝国辺りは歯嚙みしそうだ。

「いやあ二人とも辛《つら》いだろうな。気持ち解るわ」

そう語るウェインもまた、若さと才能を持つ次世代だ。なるほど、確かに彼らの気持ちは手に取るように解ることだろう。

「じゃあ同情して手加減する？」

「え？　しないけど」

これである。

「俺は仕事とプライベートを分けて考えられる男だから」

「……まあ私としてもそこに文句はないけれど」

それはそれとして釈然としない気持ちはあるわね、と思いつつ、ニニムは続けた。

「ともあれ両都と組める余地があるのは解ったわ。でも実際どうするの？　本当にこのまま長期戦に備える？」

「ん――――」

ウェインは長いうなり声をあげる。大抵の場合、ウェインは即断即決か、悩んでもすぐに結論を出すので、なかなか珍しい光景だった。それだけ天秤《てんびん》が等しいということか。

「……よし、明日アガタに会って、あいつのプランを聞いてからにしよう」

長い懊悩《おうのう》の末に、ウェインは結論を出す。

「それで普通に離間工作するだけとかだったら、パパッと切って西か南に接触する」

「妥当なところね」

ニニムは頷きつつ言った。

「あんまり長引くようなら、撤退も視野に入れて良いと思うけれど」

「それはやだ。なんか持って帰りたい」

「時には損切りするのも重要よ」

「だが、まだその時じゃない。ま、俺に任せとけって」

自信満々に言い放つウェインに、大丈夫かしら、とニニムは呟いた。

◆◇◆

翌日。

屋敷を訪れたウェインは、すぐさまアガタと対面した。

「それでどうであった、オレオムとレイジュットは」

いけしゃあしゃあと問いかけるアガタに、ウェインの背後に控えるニニムは内心で渋面《じゅうめん》を浮かべる。

前回ニニムは別の部屋に控えていたが、アガタとその補佐のカミルも彼女がフラム人と知った上で気にしていないので、今回は同席していた。もちろん発言する立場にないため、推移を見守るしかないのだが。

「いやあ実に素晴らしい人格者でしたよ。あの二人が派閥と共に順調に成長していけば、ウルベス連合は安泰でしょうね」

ウェインはにこやかにそう応じる。アガタに対して盛大な皮肉だが、その程度の挑発に揺るぐようでは東都の代表など務まらない。

「私もそう思う。ゆえに、そうならないように仕向けねばならん」

「具体的には？」

「これだ」

アガタの指示でカミルが大量の資料を持ってくる。

「私が代表についてから長年集め続けてきた、ウルベス連合の住民たちの資料だ。これほど膨大な情報量は、他の都市にはないだろう。これを用いて西と南の派閥に離間工作を仕掛ける。ウェイン王子には調略候補の説得に協力してもらいたい」

あ、だめそう。ニニムは反射的にそう思った。

資料の量は凄まじいが、どう見ても普通の工作活動だ。昨夜のウェインの言《げん》の通りなら、アガタを切って西か南につくルートまっしぐらである。背後に控えているゆえに見えないが、今のウェインはさぞ退屈そうな顔をしていることだろう。

――が、ここでニニムの予想は裏切られる。

（……どういうことだ？）

ウェインは極めて真剣な面持ちでアガタを見据えていた。

なぜならこの時、僅かな所作からアガタの持つ意図を少しだけ感じ取ったからだ。

（アガタは問題の長期化を望んでいる。しかもそのためなら、こちらに南都や西都と組まれて良いとすら思っている……！）

根拠はない。しかしこれは確信だった。能面のごときアガタから零《こぼ》れる僅かな情報をかき集めることで、ウェインはこの確信に至ったのだ。

ゆえにウェインはこれを疑わない。しかし疑わないからこそ疑問が生まれる。

（統一はブラフ。離間工作もポーズ。それどころか、代表の立場に執着していない……！　宴席に俺を向かわせたのは、南や西に組める余地があると俺に思わせるため。アガタは理由をつけて俺をこの地に縛り付け続けようとしている！　――だが、何のために？）

読めない。一番重要なアガタの根幹が、闇《やみ》に閉ざされている。

だが読めなくても解ることはある。

つまるところ、これは罠《わな》だ。しかもかなり深く張り巡らされた。

だからこそ、ウェインは、

(面白《おもしろ》い。俺とやり合う気か、アガタ！)

その心に、炎を灯した。

「……素晴らしい資料だ。さすがは長年東都の代表を務めているだけある。これがあれば工作は順調に進むだろう」

ウェインは試すように言った。

「だが、アガタ卿、少しばかりやり口が温《ぬる》いのではないかな」

「ほう……？」

アガタの目に興味が過《よぎ》る。

「暴力を動員でもするか？　ウルベスではそういった行為は特に忌避される風潮にあるが」

「まさか。この資料があって暴力に訴えなくてはいけない人間がいるとしたら、そいつは猿の群れに帰るべきだ。私が提案するのは、この世で最も前向きな離間工作だよ」

口上を述べながらウェインは脳を回転させる。

(いいぜアガタ。そっちの目的は問題の長期化。ならば俺がすべきはその逆！　――これから最短最速で片付けてやるよ、このウルベス連合を！)

そしてウェインは、にっと笑った。

「すなわち——お見合い大作戦だ」

第四章　お見合い大作戦

セドリックはウルベス連合東都に住む、しがない商人の息子だ。

若く健康で、商才もまあ悪くない。父親もいずれは店を継がせようと思っている。贔屓目《ひいきめ》を抜いても、順調な人生を歩んでいると言っていいだろう。

しかしそんな彼にも悩みがあった。

もう成人してしばらく経《た》つというのに、お嫁さんがいないのである。

「まあ、ウルベス《ここ》じゃ珍しいことではないけどなあ……」

店番をしながらセドリックはぼやく。

四つの都市からなるウルベスは、その長い歴史から都市の住民たちのほとんど親戚関係だ。

もちろん一口に親戚といっても遠近はある。しかし近しいと考えて良い手合いだけでも、数え切れないほどになるのが当たり前だ。

そんなウルベスにおいて、結婚は厄介《やっかい》な問題となる。

まず、良いと思ったお相手が居た場合、その相手はどこの都市出身で、どういう血筋で、どういう経歴を持ち、商売敵や仲の悪い相手が近しい親戚にいないか、徹底的に調べる。

その次に行われるのは自分の親戚筋への確認だ。このお相手と結婚すれば親戚関係になるが問題ないですか、と表裏に渡って探りを入れる。何事もなければゴールインだが、住民総親戚都市という関係上、どうしても否《いな》を突きつける手合いが出てくる。

その数があまりに多ければ破談。どうにかできそうなら説得に尽力し、了承を取り付ける。そしてこの人間関係のハードルを相手の方もクリアした上で、晴れて結婚へと至るわけだ。

ハッキリ言って、面倒くささの極《きわ》みである。

「全くやんなるぜ……」

セドリックの言葉は、年頃《としごろ》の住民全《すべ》ての代弁だ。

馬鹿馬鹿《ばかばか》しい。そんなの気にしなくていいだろう、と多くの人間が心の中では思っている。しかしそれを口に出せない。出してはいけない、という空気がウルベスにはある。そして実際にこういった気配りを疎《おろそ》かにすれば、あっという間に村八分にされてしまうことは、幾つもの前例が証明している。

セドリックとて、もしも自分以外の誰《だれ》かが自由恋愛を標榜《ひょうぼう》し、やるべき過程をすっ飛ばして結婚すれば、妬みの気持ちと、そうしなくてはいけないという空気から、なんて身勝手な奴《やつ》だと口汚く罵るだろう。

「はあ……誰かがぶっ壊してくれねえかなあ」

今のウルベスは、雁字搦《がんじがら》めになった糸の塊だとセドリックは思う。ウルベスから生まれたものでありながら、ウルベスをじわじわと締めつけて苦しめるそれは、もはや人の手ではほどくことができないだろう。

ゆえに、誰かがこんな状況を破壊してくれればと——

「おおいセドリック！」

「んお？」

その時、慌ただしく店先に父親が飛び込んできた。

「どうしたんだよ親父」

問いかけながらも、父親の顔を見て朗報であることはすぐさま察する。何か良い取引先でも見つけたのかと考えて、

「喜べ、見合いが決まったぞ！」

セドリックは、思わず椅子《いす》から転げ落ちた。

◆◇◆

「……ウダール家とジュイノ家に結婚話が持ち上がった？」

部下から予想だにしない報告を受けて、レイジュットは眉根《まゆね》を寄せた。

「妙ね。確かにあの両家には年頃の男女がいるけれど、親戚筋が反目していたはずよ」

「私もそう思って改めて確認しましたが、間違いではないようです。まだ決定したわけではないようですが」

「んん……」

レイジュットは少しばかり思案に時間を割いた。両家の間に縁談が持ち上がったのも意外だが、それ以上にその段階に至るまで両家の動きを摑《つか》めていなかったのも奇妙だ。一種の相互監視社会ともいえるウルベス連合において、誰かが波風を立てようとすれば、レイジュットをはじめとした有力者の耳に何かしら情報が入ってくるものなのだが。

（ウダール家は東都、アガタと比較的近しい家柄。そしてジュイノ家は北都の家。……アガタが外に漏《も》れないよう密《ひそ》かに進めていた、ってところかしら）

有力者にとって、どれだけ多くの人間を自分の派閥の中に取り込めるかは重要だ。

特にウルベス連合は閉鎖された環境であり、有力者たちは限りある派閥の人材を日々奪い合っている。目をつけていた相手が結婚を機に他派閥に行こうものなら、馬に蹴《け》られようとお構いなしに妨害するのが常だ。

そしてそういった気質が、ウルベス連合における若者の結婚の難しさに拍車をかけており、また、結婚話が持ち上がってもできるだけ内々に進めるべき、という風潮にもなっていた。

「……まあいいわ。その両家がくっついてもこちらに影響はないはずだもの」

僅《わず》かな違和感を抱きつつも、その理由を見つけられず、レイジュットは切り替える。妨害すべき時は徹底するが、常にそうしていては今度は恨みを買う。見切りのポイントを適正な場所に置けるかは、為政者の大事な能力だ。

「ここは素直にお祝いしましょう。私の名代《みょうだい》として後で人を」

「失礼します！」

その時、慌ただしく別の部下が飛び込んできた。

「ラマヌチヌ家のご当主が来訪されました！　レイジュット様に面会を希望しております！」

「は？　ラマヌチヌ家が？　今日の予定にはなかったと思うけれど」

「はっ、それがご長男とメルメ家長女と婚約の許可をいただきたいとのことで……」

これにレイジュットは顔色を変えた。

「あそこの長男はバラーシュ家の次女と、内々に結婚の調整が進んでいたはずよ⁉」

ラマヌチヌは先の両家とは違う。末端ではあるが、正真正銘、レイジュットの派閥に属している家だ。

（それなのにメルメ家ですって⁉　東都の人間じゃない！）

重大な裏切りだ。思わず怒りで頭が沸騰しそうになる。が、レイジュットはそれを理性で抑えつけた。今ここですべきことは当たり散らすことではなく、なぜそうなったのか、という疑問に対する解答を得ることだ。

「すぐに会うわ。当主はどこに？」

「応接間に通しております」

レイジュットは急いで身支度を調えると、部屋を出た。向かう先は応接間だ。

（……この際、裏切り自体は良いわ。所詮《しょせん》は末端だもの。利益《りえき》を見せつけられれば安易に転ぶこともあるでしょう。けれど、メルメ家と接近しているのを摑めなかったのはおかしい。秘密裏に動いていたにしても限度があるわ。まして結婚まで話が進んでいるなんて！）

ウルベス連合における結婚は、利害調整のために長い時間がかかる。ゆえにどれほど密封しようとも、情報という水はどこからか漏れていくものだ。そういう大原則があるにも拘《かか》わらず、その件についての報せが手元に無い。この矛盾はどういうことか。

（ただの偶然で片付ける？　二件の結婚話が立て続けに起きて、どちらも東都が関《かか》わっているのに？　そんな馬鹿《ばか》な！）

偶然などではない。間違いなくこちらを切り崩そうという東都からの攻撃だ。しかし解せないのはその手段。いかにして情報を伏したまま事を進めたのか。

（……いえ、もしも、その前提が違うとしたら？）

レイジュットの脳裏にある可能性が浮かぶ。

それができるなら、なるほど、確かに今の状況への解答となるだろう。

しかしそんなことが果たして可能なのか。この都市の誰もができなかったことが、できるというのか。もしもできるとすれば、それは——

「レイジュット様！」

応接間に到着するその寸前、先のとは別の部下がレイジュットに駆け寄った。

「いましがた報せが！　東都のクライフ家と西都のベイナケル家の子息の間に婚約が結ばれたと！」

「……っ！」

その両家の縁戚関係は、連合の中でも特に雁字搦めになっていることで有名だ。アガタとオレオムが派閥の中に収めながらも、手が付けられないとして、半ば放置していた家だ。

（それが突然の婚約……信じられないけれど、もう疑う余地はない！）

これらを仕掛けている人物は、情報を伏せているのではない。

長い時間がかかるという大前提を覆し、情報が広まる前に解決して回っているのだ。

（そして、ウルベスに纏《まと》わり付く、このしがらみの糸を紐解《ひもと》いているのは――――！）

◆◇◆

つまるところ、パズルのピースのようなものね、とニニムは考える。

友人、知人、親戚、同僚、取引相手等々、ウルベス連合という閉鎖された環境の中で、様々な人間関係が入り組み、民は複雑な形のピースとなった。

当然何もせずして嚙《か》み合《あ》う人などまずいない。嚙み合いそうな相手《ピース》がいれば、お互い形を削り、摺《す》り合わせ、隣り合えるよう長い時間をかけて尽力するしかない。

しかしそこにかかる苦労は他国の比ではなく、お手上げとばかりに放置された人間《ピース》がそこかしこに存在する。それがウルベス連合に生きる人々の現状なのだ。

これを馬鹿げた有様《ありさま》だと一蹴してしまえるのは、自分が他国の人間だからだろう。たとえ苦しむと解っていても、多くの民にとってウルベスは生まれた土地であり、また半生を過ごす都市だ。そこにある独自の法則を、おいそれと軽んじられるわけがない。

もしもそれができるとすれば、この土地の生まれでなく、この土地で生きる予定がなく、この土地独自の法則を尊重する気が欠片《かけら》もない上に、勢いよく蹴り飛ばせるだけの能力を持った人間のみだろう。

そしてウェイン・サレマ・アルバレストは、見事にそれらの条件を備えていた。

「次はここの家の三男を引っ張り出す。書簡の準備を。並行して北都の家の幾つかに話を投げて見合いを実施するから、会場も見つけておいてくれ。ジュイノ家を経由すれば文句は出ないはずだ。──お、この西都の奴、年齢的に丁度良いな。巻き込むか。カミル、こいつの詳しい資料を」

お見合い大作戦を行う。

そう宣言されてからというものの、アガタの手勢はウェインの指示に忙殺されていた。

（これじゃ誰が屋敷の主か解らないわね）

次々と指示を出すウェインを眺めながら、心の中でそう呆《あき》れるニニム。しかしそれも無理からぬことだろう。ここがアガタの屋敷でありながら、その中心にいるのがウェインであることは、誰の目にも明らかだ。

もちろんアガタの部下がウェインに従っているのは、他ならぬアガタの命令があってこそだ。しかしそれを差し引いても、アガタの部下がウェインに心酔しつつあるのは確かだった。

（方法はごく単純なことなのに）

ニニムの考える通り、お見合い大作戦と壮大に銘打っているものの、そんな大層な仕掛けは施されていない。

ウェインのやっていることは、アガタ側が用意した資料に目を通し、ウルベスに住む独身の男女の事情を斟酌《しんしゃく》し、相応《ふさわ》しい相手を見繕って結婚を薦める。本当にこれだけなのだ。

恐るべきは、その精度と速度。

独身の彼ら彼女らとて、好き好んで独り身で居るわけではない。様々な事情から身動きが取れないでいるのが大半だ。しかしウェインは鼻歌交じりにその事情を看破し、問題にならない相手を用意してみせるのだ。

余人にはできない。ニニムでさえも相応に時間が必要だ。だというのにウェインときたら、用意された資料があってこそとはいえ、もう三十組を超える結婚を成立させている。砂浜で金の砂粒を毎秒見つけてくるような離れ業だ。

「……王子様を辞めても、結婚の仲介人で生きていけそうね」

一時的に人がはけたところで、ニニムが声をかけると、ウェインは笑った。

「さすがにここまでトントン拍子に進むのは、連合の連中が結婚に飢えてるからだけどな」

本来、ウルベス連合での結婚は難しい。だからこそ、もたらされたチャンスに皆が飛びつくのだと、ウェインは言う。

「それでもこの数には驚いたわ。他の部屋を見た？　手配しておいた結婚式用の衣装や小物の置き場所がなくて溢《あふ》れてるわよ」

結婚するとなれば当然式も行う必要がある。しかし結婚する当事者が一から集めるのを待っていては時間がかかる。そこで貸し出すための式典用アイテム一式を、先んじて確保してあるのだ。

「いくら何でも多すぎじゃない？　ちょっと整理しようとしたらドレスで溺れそうになったわ」

「足りなくなるよりマシさ。急遽集めたから品質はそこまで確認してないし、もしもの時の交換用としても数は揃《そろ》えてあった方がいい。というかそうだ、品質を確かめるためにも試しに着てみるか？」

「…………」

ニニムはおもむろに、どこからともなく仮面を取り出して顔につけた。

「えい」

「ぎゃあ」

仮面少女フラムちゃんに小突かれて、ウェインはうめき声をあげた。

「誰とは言わないけれど、主君が微妙にデリカシーなくて困りものだわ」

「え、俺《おれ》なんか変なこと言った？」

「言ったわ」

言ったらしい。

うーん、という顔をするウェインを尻目《しりめ》に、ニニムは仮面を取り外した。

「私が着るのは遠慮しておくわ。いざ本番で着るときに、ありがたみがなくなりそうだもの」

「そういうものか」

「そういうものよ」

なら仕方ないなー、と呟くウェインを前に、ニニムは話を切り替えた。

「それでウェイン、この調子で結婚を斡旋し続けて、東都派閥を強化していくのでいいの？」

「いや、そちらと並行して第二段階にも着手する」

第二段階。その内容についてニニムも聞《き》き及《およ》んでいた。

「他都市の手頃《てごろ》な家をアガタの派閥の人間とくっつけて、東都の権勢を高めるのが第一段階。第二段階では、第一段階で出来たツテを利用して、西都と南都の家の間で結婚を加速させる、だったわね」

最初から西都と南都の関係に関与するには、手持ちの繋《つな》がりが薄かった。

そこでウェインは、しがない商人レベルの末端から次々と結婚や見合いを成立させていき、西都や南都にいる有力者へ干渉する土台を作り上げたのだ。

しかしニニムには疑問があった。

「でもこれって、成功しても西都と南都の結びつきが強くなるんじゃない？」

「そう。なので、思いっきりバランスを偏らせる」

ウェインは言った。

「レイジュットの方が派閥の掌握が甘いようだから、オレオムのいる西都優位の結婚がいいな。東都が派閥を強化して、警戒を強めなきゃいけない中で、西都に派閥の人材を引き抜かれる南都。さあ彼らはどう思う？」

「裏切り、内通……少なくとも良い感情は抱かないでしょうね」

「そうして西都と南都をギスらせている間に、こっちはガンガン東都派閥を強化する結婚を成立させるわけだ」

ウルベス連合の抱えるジレンマによって浮いているパズルのピース。

ウェインからしてみれば、それは手つかずの鉱脈に等しい。

他の有力者たちがおっかなびっくり扱っている間に、次々とピースをはめ込み、自分の都合のいい形に盤面を埋めていくつもりなのだ。

「この計画が進めば、ウルベス連合において、自分は誰と手を組めば良いのか、誰と反目すれば良いのか、一市民から有力者まで、じきに誰一人として解らなくなるだろう」

　雁字搦めになっていたしがらみの糸。

　ほとんどの人間はどこから手を付ければ良いか解らず、一部の有力者でさえ、朧気ながら端を摑めている程度。ウェインの指示に従っている東都の人間でさえ、全容を摑めていない。

　だが、ウェインだけはそれを紐解ける。

　その上で彼は、

「ウルベスの内情を、俺以外に解けない暗号に仕立て上げる」

　しがらみの糸を、徹底的に、深刻に、どうにもならない惨状に陥《おとしい》れるつもりだった。

「自分がどうすればいいか、全員が俺に答えを求めるようになる。そうなれば、アガタが何を目論んでいても関係ない。——どこの都でもなく、俺が権威を摑む。それこそがこの計画の最終段階だ」

　これが他の国ならば、いっそ開き直る者も出てくるだろう。

　しかしウルベスではそれができない。相互監視社会において逸脱は排斥と限り無く直結している。保身のために彼らはルールを遵守《じゅんしゅ》せざるをえず、そしてルールを遵守するために、ウェインの前に跪くしかないのだ。

「……ウェインがいなくなったら困ったことになりそうね」

「なるだろうな」

唯一宝箱の鍵《かぎ》を持つウェインは、朗らかに言った。

「でも俺は全く困らないから！」

これである。

どれだけウルベス連合を無茶苦茶にしても、いざとなればナトラに逃げ帰ればＯＫという無敵モード。家臣としては安心だが、人としてはどうか、とニニムは思った。

「ま、現実的にそこまで行くには、いくつか越えなきゃいけないハードルがあるけどな」

「そうね。目下の懸念《けねん》としては資金面かしら」

結婚を成立させるにあたって、ウェインは書簡や会談による説得を駆使しているが、それだけで全てが解決できるわけではない。中には金銭や物資を要求する者もいるし、そもそも結婚資金が無いという者も居る。そんな彼らを頷《うなず》かせるために、金を積む必要があるのだ。

そして旅行者の身であるウェインにそこまでの資金はなく、大半はアガタが出資している。

他人の金を使う気分は最高だが、当然無尽蔵というわけではなかった。

「お見合いの会場を用意するにもお金が必要だし、このままだと遠からずアガタが提示した資金の上限を超えちゃうわよ」

「俺としては上限を超えるどころか破産したって全然いいんだけど」

なにせ他人の財布である。

「それアガタに言ったらさすがに怒られるわよ」

ですよねー、とウェインは笑った。

「まあ資金についてはある程度目処《めど》はついてるんだ」

「というと?」

「金を持ってる南都と西都から引っ張ってくる」

これにニニムは眉根を寄せた。

好景気にある南都と西都は、なるほど確かに資金源としてうってつけだろう。しかしその両都とは、現在進行形で敵対中だ。どうやって資金を出させるというのか。

そんな疑問に答えるようにウェインは言った。

「なあに、ちょっとした商売をするだけさ」

するとそこで部屋の扉がノックされる。

「失礼、ウェイン王子」

現れたのはアガタの部下であるカミルだ。

「ご指示通り、残った資金で買い集めて参りました」

何の事かとニニムが首を傾《かし》げた時、彼女はカミルの背後にある、もう一つの人影に気づいた。

それが何者か理解した瞬間、ニニムは目を見張る。

それはあの日、ニニムが見かけた、奴隷《どれい》のフラム人だった。

「っ……ウェイン、これは⁉」

驚愕《きょうがく》するニニムに向けて、ウェインはにっと笑った。

◆◇◆

「セドリック！　急げ急げ！」

「解ってるよ！」

しがない商人の息子であるセドリックは、急かす父親の声に怒鳴り返しながら、大きな荷物を抱えて道を進んでいた。

「ああくそ、なんだってこの地域は坂道が多いんだ！」

「そうぼやくな。俺も若い頃はここを何往復もしたもんだ」

「俺が大商人になったら、この坂道を買い取って平らにしてやる……！」

「その意気だ。ほら荷物がずり下がってきてるぞ。絶対落とすなよ」

父親に叱咤され、セドリックは慌てて荷物を抱え直す。手も足も、疲労が溜《た》まっているのが自分でも解った。

「ったく、いくら何でも忙しくなりすぎだろ……！」

言葉通り、ここしばらくセドリックは多忙を極めていた。荷物を抱えて都市マルドーを駆けずり回り、時には他都市にまで足を運ぶ。つい先日まで店先で暇を持て余していた頃とは雲泥《うんでい》の差である。

これで時間に追われているのが自分だけならば、父親に嫌味の一つも口にするところだが、忙しいのは父親も一緒だった。今だって自分と同じように荷物を抱えている。

「諦《あきら》めろ。これもお前のためだ、セドリック」

「だから解ってるって！」

親の言う「お前のためだ」という言葉は、往々《おうおう》にして疑ってかかるべきだが、今回ばかりは素直に認める他にない。間違いなくこれは自分のためだ。

「円満に結婚できるなら、これぐらいやってやるさ……！」

お見合いが決まった。

先日そう告げられた時、何かの冗談かとセドリックは思った。

なにせ父親も「なんか知らんけど急に上から話が降ってきた」と言うのだから、あまりにも疑わしい。

しかし改めて確かめてみると、本当に自分のお見合いが決まっていたようで、セドリックは再び椅子から転げ落ちる。そしてあれよあれよという間に、お見合いの当日を迎えることとなった。

カチカチに緊張した彼を迎えたのは、同じ年頃の、同じくらい緊張した様子の女性だった。ぎこちないスタートで始まったお見合いは、しかし時間が経つにつれて笑い声が響くほどになった。

その後、セドリックはお相手の女性と何回か話し合う機会を設け、最終的にはこの人ならば、というところにまで至ったのだ。

「となれば後は、親戚筋を説得するだけだ……！」

ウルベスでは結婚する際、事前に主だった親戚筋に話をしておくのが通例だ。これを疎《おろそ》かにすると後々どんな禍根《かこん》になるか解ったものではない。

そしてセドリックの多忙は、すなわちこの挨拶《あいさつ》回りが主な原因だった。

「お、見えてきたぞ。あの家だ」

「……もしかして、あの急な坂道の先にある？」

「その通りだ。気合い入れろよ。渡すつもりで持ってきた土産を落としたら、家まで走って別のを取りに戻ることになるからな」

「ふぎぎぎぎ……！」

セドリックは歯ぎしりしながら坂道を登り始めた。

「ああくそ、親父……！　奴隷《どれい》を買うなり人足《にんそく》を雇うなりしようぜ……！」

坂道を踏みしめながらセドリックは言う。

「だらしない。お前の結婚なんだからもう少し頑張れ」

「そうじゃなくて。親父の言うとおり、俺のことは俺がやるさ。でも今度結婚する向こうさんの親戚筋と組んで、新しく商売やるかもって話が出てきてるんだろ？　さすがに俺たちだけじゃ手が回んねえよ」

「ああ、それか。それについては俺もそう思ってたんだが……」

「なんか問題があるのか？」

息子の問いかけに、父親も困惑を顔に出しながら言った。

「どうもな、先に買われてるらしい」

◆◇◆

「奴隷が買い集められている？」

部下からの報告を、オレオムは思わず聞き返した。

「はい、東都の方がそのような動きをしているようです」

繰り返し告げる部下の前で、オレオムは顔をしかめる。普段ならば何を思っても部下の手前では表情を隠すところだが、今の彼にそこまでの余裕はなかった。

その原因はもちろん東都、ひいてはウェインである。

(婚姻工作だけでも厄介だというのに……!)

ウェインの発案によるお見合い大作戦は、見事西都に突き刺さっていた。

元より、派閥の下位の者が結婚相手に困っているとなれば、上役が世話を焼くのが当然のこと。しかしウルベスではその上役でさえなかなか相手が定まらない。末端の方は後回しにされていたことは間違いなかった。

そこをウェインに狙《ねら》い撃《う》ちにされた。

結婚を出汁《だし》にして、末端から次々と派閥を切り崩されていることに気づいた。歯止めをかけるには、こちらが代わりに結婚相手を用意すればいいのだが、それができない。ウルベスのしがらみの糸は、あまりにも煩雑すぎるのだ。強引《ごういん》に結びつけようとすれば、今度は別の場所から問題が起きるだろう。

だというのに、ウェインはそれを難なくやってのける。

その所業はもはや魔法に等しく、とても真似《まね》られるものではない。しかも東都を強化するだけではなく、南都と西都の間に西都優位の婚姻をいくつも成立させ、両都の結束にヒビまで入れてくる嫌らしさだ。

こうなるとこちらとしては、派閥の内外を問わず、許可なく結婚するのを禁止するよう布告を出すしかない。しかしそんなことをすれば、せっかくの結婚ラッシュで沸いている市民から、当然のごとく不満が持ち上がる。

ゆえにここしばらくのオレオムは、理解と協力を得るため、派閥の家々をひたすら駆けずり回っていた。おかげで疲労困憊《ひろうこんぱい》だ。

そこにきて、この奴隷買い占めである。

「一体何が目的だ？」

「それが何とも……人種、年齢、性別も統一されておらず、まさしく手当たり次第という感じのようですが」

奴隷に何ができるかと考えれば、真っ先に出てくるのは労働だ。

東都は婚姻工作のために人手を最大限動員していると聞く。その補佐に回すつもりかとオレオムは考えるも、すぐに頭を横に振る。単純な肉体労働ならともかく、ある程度の目端や教養が必要な仕事を買ったばかりの奴隷に任せるのは、簡単なことではないはずだ。

（何か大規模な事業でも興すのか？　いやしかし、このタイミングで何を……）

懊悩するオレオムだが、答えはすぐにやってきた。

「オレオム様！」

部屋に飛び込んできた部下は、叫ぶように言った。

「市中にただならぬ噂《うわさ》が！　西都と南都において、市民による一斉蜂起が画策されていると！」

「何だと⁉」

寝耳に水な報告に、オレオムは焦燥《しょうそう》を露わにした。

「馬鹿な、一体どこからそんな話が出てきた⁉」

「申し訳ありません、追ってはいますが未《いま》だに出所は掴めず……！　ですが、仮面集会を中心としてかなりの範囲に広まっている様子です！」

「……！」

オレオムは思わず歯を嚙《か》みしめた。

仮面集会。ウルベス連合にある特異な文化だ。市井の者たちが仮面を付けて、匿名《とくめい》という前提で日々のことを話し合う集まりであり、匿名性を盾に過激な内容の話もされるという。

あまりにも突然の事態に、脳裏には困惑が満ちる。しかしそれと並行して、彼はある予感――否、確信を抱いた。

(間違いない、これも東都側の策謀だ！)

仮面集会は元々火種になりやすい土壌だったが、そこを見事に狙われた。

婚姻工作といい、アガタのやり口ではない。十中八九、ウェインの計略によるものだ。噂についても火消しされないよう、広範囲から一気に流したのだろう。

(しかし一斉蜂起？　こちらが婚姻の件で混乱している間に、市民を扇動し、武力で制圧しようというつもりか？　市民には不満は溜まっているが、それでもこんな噂に乗せられるわけが――いや待て、以前大陸中央の都市ミールタースで、住民三万が動かされる騒動があったが、そこにウェインが関わっていたと聞いたことが……)

実際にミールタースの住民を動かしたのはウェインではなく、その妹のフラーニャなのだが、そこまでの詳細を抑えていないオレオムには、ウェインならばできるのでは、という思いを募らせるに十分な材料だった。

（だとすれば……そうか！　奴隷は混乱の呼び水に使うつもりか！）

三万の市民を動かせる男だ。手荒い扱いを受けてきた奴隷の心を掌握し、都市にぶつけさせることなど造作もないだろう。そうして奴隷を暴《あば》れさせ、都市を混乱に陥れたところで、市民を煽って支配者層へ攻撃させるつもりなのだ。

（これを回避するには……！）

オレオムは猛然と頭脳を回転させ、言った。

「……奴隷はまだ市場に残っているか？」

「はっ、多少はまだ居るかと思われますが」

「ならばそれらを全て買い占めろ。決して東都には渡すな。それと北都へすぐに人を送れ」

「北都へ、ですか？」

オレオムは頷いた。

「武器だ。北都にある武器、あるいは武器としても使える農具、それらを買い占める」

蜂起を起こすとなれば徒手空拳《としゅくうけん》では不可能だ。反旗を煽るためにも、奴隷や市民に武器を手にさせることは必須。そしてそれほどの大量の武器となれば、北都にしか在庫はない。

（万が一こちらも兵を興すことになった場合でも、武器が潤沢ならば心強い！　ここで先んじて武器を抑えておくことは決して損にはならん！）

オレオムは方針とともに決意を固める。

（侮るなよウェイン・サレマ・アルバレスト。このウルベスを貴様の好きにはさせん――――！）

◆◇◆

「――なんて温《ぬる》いこと考えてるから、俺に食い物にされるわけだ」

書類を片手に、ウェインは唇を歪《ゆが》めた。

その書類は北都の商人と結んだ、武器の商取引に関する証文の一つだ。

内容は、余剰として現在ある武器、そして今後作られる武器の半年分を東都側が買い付けるというものである。

そしてこれを含めた武器取引の証文は、これから西都や南都に流れることになっている。

ウェインが交わした取引額の、三倍の値段をつけて。

「密かに武器の買い付けを行った後で、奴隷を買い集めて蜂起の噂を広め、西都と南都の危機感を煽る。そして彼らが武器を欲したところで、買っておいた武器を高値で売りさばくと……あくどさの極みよね」

思わず呆れた顔になるニニム。しかしこれこそが、西都と南都から資金を引っ張ってくる方法に他ならない。ウェインはありもしない恐怖を演出することで黄金を得たのだ。

「ちなみに本当に蜂起をやるつもりはあるの？」

「全然」

ウェインはあっけらかんと答えた。

「やっても成功しないしな。ミールタースで市民を動かせたのは、フラーニャが居たのと、フラーニャに縋《すが》るぐらい市民が追い詰められてたからだ。そうそう再現できるものじゃない」

それゆえ、全てはウェインのブラフ。

しかしそれを知らない西都と南都の支配者層は、見事に踊らされてしまったのだ。

「だが何にせよ、資金は回復した。これで婚姻の方もまたガンガン進められるな」

満足そうに頷くウェイン。これで一件落着とばかりの態度だが、その横に立つニニムが、迷いを浮かべながら口を開いた。

「……ねえ、ウェイン」

呼びかけを受けてウェインは視線を送る。

彼からの眼差《まなざ》しを感じながら、ニニムは言った。

「本当に奴隷を買う必要があったの？」

「おかげで資金が増えただろ？　ここに居る間は情報収集とかに使って、それがすんだらナトラに連れ帰るなり、アガタに預けるなり、好きな身の振り方を選ばせるさ」

「そうじゃなくて……」

ウェインが購入した奴隷は百人弱にもなる。

そしてその中には、ニニムが見かけた者を筆頭に、数十人のフラム人の姿があった。

「その……もしかして、だけど」

「問題ない」

ウェインはにっと笑った。

「って話だったろ？」

「…………」

ウェインは気づいていたのだろう。あの日の自分の変調に。そしてその理由にも。

だからきっと、全てを知った上で彼は。

「……ありがとう」

「さて、何のことだかさっぱり解らないな」

とぼけたようにウェインは肩をすくめた。

ニニムはそんな彼を見て、小さく微笑《ほほえ》んだ。

「それよりも、次の仕掛けの準備だ。オレオムとレイジュットがもうじき動くだろうしな」

主君の切り替えに、ニニムも頷いて応じる。

「このまま泣き寝入りはしないわよね。やっぱり共闘してくるかしら？」

「今の両都は不意打ちを食らって混乱しているが、地力では依然として向こうの方が上だ。二人の代表は派閥を落ち着かせて、改めて共闘関係を構築しようとしてくるだろう」

だが、とウェインは笑う。

「そうはさせないために、俺がいるわけだ」

「また悪いこと考えてる」

「俺から悪巧みをとったら何も残らないからな」

「そんなことは――あるかもしれないわね」

「そこは無いって言ってほしかったですねニニムさん！」

ウェインの叫びをニニムはスルーした。

「それで具体的にどうするの？」

「なに、単純な話さ」

ウェインは笑って

「ヒビが入った向こうの強さを、利用させてもらおう」

◆◇◆

草木も寝静まる深夜。

都市の片隅にある路地に、月に照らされて浮かぶ一つの人影があった。

フードを目深《まぶか》まで被った影は、音を嫌うようにそろそろと路地を進み、やがて小さな家屋の前に到達する。

扉のノックを三回。応答はない。しかし構わずその影は家屋の中に入った。

「……」

室内は薄明かりが灯《とも》されていた。ろくな調度品もなく、置かれているのは簡素な机と椅子のみ。そしてその椅子には、仮面をつけた一人の男が腰掛けていた。

「お待たせしました」

フードを取りながら影が呼びかけると、男は仮面を取る。

仮面の下から現れたのは、何を隠そう、西都代表オレオムであった。

「ああ、レイジュット。良かった、来てくれたか」

オレオムの言葉通り、影の正体は仮面をつけたレイジュットだった。

家屋には二人以外に誰もいない。そして二人とも自分の行き先を誰にも告げていない。すなわちこれは西都と南都、両都の代表による密会に他ならなかった。

そして、

「──オレオム様！」

仮面を外したレイジュットは、躊躇うことなくオレオムの腕の中に飛び込んだ。

「市中に流れるただならぬ噂を聞いて不安でしたが、御無事《まあ》で安心しました」

「私もだよ、レイジュット。こうして君の無事な姿を目の当たりにして、暗闇《くらやみ》の中にあった心に光が差したようだ」

二人は抱き合いながら微笑みを浮かべる。

今でこそ協力関係にある西都と南都だが、内情は常に相手を出し抜こうとする野心にまみれている。だというのに、その代表たる二人の様子は、紛れもなく恋人同士のそれだった。

「もう少しで願いが叶《かな》うところでしたのに、まさかこんなことになるなんて」

レイジュットが悔しそうに顔を歪める。

そんな彼女の頬《ほお》に手をやりながらオレオムも頷いた。

「私と君で西と南を盛り立て、協力関係を築き、そして融和の象徴として代表たる私たちが結ばれる……ここまで順調に行っていたのだがな」

そう、これは二人以外の誰も知らない事実。

オレオムとレイジュットは、都の代表となる前から惹《ひ》かれ合っていた。

しかし互いに都の代表者の血族。安易に結ばれようとすれば反感を買い、最悪命を落としかねない。さりとて、胸に宿る激情を忘れて生きるなど、到底不可能だ。

そこで二人は戦うことを選んだ。

まずは代表の座を摑むため、あえてウルベス外の知識を取り入れた。これにより、停滞する他の候補たちを押しのけることに成功した。

次に表向きは相容《あいい》れぬ政敵として振る舞いながら、両都の経済的な結びつきを強め、両都が繫がることによる利益を、誰の目にも明らかにした。

これにより両都の有力者の間に、より関係を強固にすべしという風潮が生じた。後はこれを煽り、強めていくことで、代表者同士の結婚に到達できる。

感情で結ばれることが許されないのならば、政治と利益で結ばれる理由を作り出せば良いという、二人の遠大な愛の計画だった。

けれどそこに悪魔が割って入った。

ナトラより来訪した、ウェイン・サレマ・アルバレストである。

「オレオム様、西都の状況はどのような様子でしょう？」

「婚姻工作と蜂起の風説で皆が浮き足立っている。落ち着かせようとしているが、なかなか……そちらは？」

「同じようなものです。付け加えるのならば、東都のみならず西都への悪感情も日に日に増しております。私もどうにか皆に説いて回っているのですが……」

「噂には聞いていたが、いざ相手をすると厄介極まりないな、ウェイン王子は」

思わず唸《うな》るオレオムに、レイジュットは慎重に言った。

「いっそ打って出るべきでしょうか？」

西都と南都、両都の兵を総動員すれば、東都を陥落せしめることは可能だ。いかにウェインが策略に秀でているとはいえ、武力で攻められればどうにもならないだろう。

しかしこの案にオレオムは頭を横に振る、

「いや、それはまずい。アガタは選聖侯で、ウェイン王子は外国の要人だ。これを大義もなく害すれば、今後我々がウルベス連合を運営するにあたって、大きな禍根《かこん》となる」

もしも二人が外の知識を学んでいなければ、兵を興すことを真剣に考えたかもしれない。

しかしウルベス連合が西の片田舎《かたいなか》であることを理解している二人は、その選択を取れない。

アガタを正当な手段で引きずり下ろし、ウェインに何事もなく帰国してもらうしかないのだ。

「焦《あせ》らなくても、地力ではこちらが勝っている。調印式ももうじきだ。そこでアガタを失脚させれば、ウェイン王子もナトラに帰るしかないだろう」

「今は派閥の掌握に努めるのが最善と」

オレオムは頷いた。

「ただし、我々が暴力を使わずとも、ウェイン王子は使うかもしれん。レイジュット、くれぐれも身辺には気をつけてくれ」

「心得ております。オレオム様もどうかお気をつけて」

「公の場で君を抱きしめるまで、決して死なないと決めている」

オレオムはレイジュットの手を取った。

「私たちは今、苦境にあるように感じるだろう。しかしあの方に比べれば、何のこともない試練だ。力を合わせて戦おう」

「はい。オレオム様」

たとえいかなる障害があろうとも、二人でなら乗り越えられる。その確信とともに、オレオムとレイジュットは口づけをかわした。


――しかしその思いは、すぐさま裏切られる。

◆◇◆

「……今、何と言った?」

レイジュットとの密会の数日後。

部下の言葉を受けて、オレオムは語気鋭く聞き返した。

「は、いえ、その……」

オレオムの様子に気圧《けお》されながらも、部下は改めて口にした。

「オレオム様が、南都代表と密通しているという噂が、派閥内に流れているようです……」

「……！」

オレオムは怒りの顔を浮かべる。しかしそれは部下の手前、そうしなくてはならないからこそであり、内心では驚愕《きょうがく》に満ちていた。

(なぜバレた……⁉)

レイジュットとの密会は、場所も日取りもバラバラにして、常に細心の注意を払っていた。おいそれと露見することはない。

しかし現実として、そのような噂が流れている。水漏れがあったと認めるしかない。

(これもウェインの仕業《しわざ》か⁉　私やレイジュットの動向を見張っていたのか⁉)

ウェインとその手勢に土地勘はなく、アガタの手勢は工作でかかりきりのはず。そこまで手を割く余地があるのだろうか。もしや例の奴隷たちを駆使したのか。

(いや……あるいは、真偽などそもそも調べていないのかもしれん！)

ウルベス連合で次々と結婚が成立しているのは周知の事実だ。そして結婚による派閥の弱体化を懸念したオレオムとレイジュットが、それを制限しようとしていることも。

そんな時に流れる、二人の密通の噂。

結婚を制限しておきながら、自分は異性と密通。しかも相手は仇敵《きゅうてき》の代表。たとえ根拠などなくても、手札として十分に刺さる。

(……ともかく対策を講じなくては！)

なまじ事実なだけに、放置しておくわけにはいかない。ましてウェインが何か確たる証拠でも掴んでいれば大惨事だ。速やかに噂の火消しを図る必要がある。

「そのような不敬な噂は許しがたい。出所を探し出し、下手人を捕縛しろ。無責任に広めている連中もだ」

「はっ……」

部下は頷くも、恐る恐る言った。

「ですがオレオム様……実はそれとは別に、問題が」

「まだ何かあるのか？」

続く部下の言葉に、オレオムは目を見開いた、

「私の弾劾決議案が持ち上がってるですって……!?」

その報せを聞いた時、レイジュットは思わず椅子から腰を浮かせた。

「どういうこと!?　なぜそんなことに！」

「先の結婚の制限や、西都代表との密通の噂で派閥内の不満が高まったのを見て、ヒュアンツェ様を筆頭とした何人かの有力者たちが結託して打ち出したようです」

「っ……！　今はそんなことをしている場合ではないでしょう！」

怒りで叫んでから、レイジュットはその無意味さに気づき、頭を振った。

「……いえ、ごめんなさい。貴方《あなた》に当たり散らしても仕方ないわね」

「お気になさらず。しかしレイジュット様、このままでは……」

部下の言うとおり、まずい状況だ。恐らくはオレオムの方も同様なのだろう。

それぞれの都の代表は、特定の一族の人間しか就任できない。北都はその一族の人間を全員処刑したため、誰も代表に立てられないという状況だが、他の都は違う。オレオムやレイジュットが居なくなれば、一族の誰かが代表の座につくだろう。

逆に言えば、代表になりたい誰かにとって、オレオムやレイジュットは邪魔だ。例えば先ほどのヒュアンツェという男は、かねてより代表の座を狙っていることで知られている。

そんなことをしている場合ではない、というのはレイジュットの理屈であり、ヒュアンツェにとってみれば、今が最大の好機なのだ。

「弾劾を主張する者の中には、速やかにレイジュット様を拘束し、次の代表の選定を行うべきと主張する輩《やから》もいるようです」

「度《ど》し難《がた》いわね……かといって、手をこまねいていても、状況は改善しないわ」

むしろウェインが現れてからというものの、状況は悪化の一途を辿《たど》っている。まさか東都の相手をしながら、南都内部の相手もしなくてはならないとは。

「すぐに派閥の会合を開くわ。準備を」

「はっ」

部下に指示を出しながら、レイジュットは同じ苦境にあるであろうオレオムを思った。

（オレオム様、どうか御無事で……）

祈りの言葉は口に出されることなく、胸の中に留《とど》まり続けた。

◆◇◆

「まあ言わば派閥の慢心だな」

西都と南都の現状を知らせる報告書を読みながら、ウェインは言った。

「東都が突出して強者だったら、まだ団結できたかもしれない。しかし普通にぶつかれば東都には勝てる。勝ててしまう」

「それがこの期に及んで、内紛というお遊びを許してしまうわけね」

ニニムの言葉にウェインは頷く。

若き代表たるオレオムとレイジュット。彼らが東都への対処に追われる中、不満が溜まり、真偽不明ながらもスキャンダルまで転がり込んできた。二人を引きずり下ろしたい人間にとって、まさに最大の好機だろう。

オレオムたちは危機を訴えるだろうが、果たしてどこまで通用するか。代表という立場では感じ取れる危険も、野心を抱える下の人間には共感されにくいものだ。

「いやー荒れまくって大変だろうなあ、西都と南都」

「強くないからこそ相手を都合良く動かせるなんて、変な話よね」

「そうでもないさ。強さと弱さは手札の一つでしかない。強さが勝ちを拾いやすいのは確かだが、弱さだって使い方次第じゃ王を討《う》てる。大事なのはいつどこで手札を切るかだ」

と、その時、扉をノックしてカミルが姿を見せた。

「ウェイン王子、いましがた両都から最新の情報が」

「オレオムとレイジュットが、派閥を抑え込もうと奔走してるってところだろ？」

確信とともにそう口にすると、カミルは困ったように応じた。

「それがその……」

「なんだ、何かあったのか？」

問いを重ねられ、カミルは意を決して答えた。


「——どうやら、二人は駆け落ちしたようです」

ウェインとニニムは、思わず目を見合わせた。

第五章 まつわる因果

「――それで、何か不足している物などはありませんか?」

東都マルドー郊外。

そこにある寂《さび》れた屋敷の一室に、ニニムはいた。

「いえ、おかげさまで皆つつがなく過ごせております」

応じるのは、一人の男性だ。

以前ニニムが都市で目にし、そしてウェインによって買われた、奴隷《どれい》のフラム人である。

「我らを奴隷の身から救い上げるだけでなく、人並みの暮らしを与えてくださる温情に、感謝の言葉もありません」

計略のために都市にいる奴隷を買い上げたウェインだが、当然彼らにも衣食住は必要だ。

特に都市に分散していた奴隷たちが一カ所に集まったため、住居は相応の広さが求められる。

そこでウェインはアガタのツテで、郊外の使われていなかった屋敷を借り上げ、彼らが当面暮らしていけるよう采配したのだ。

「それは良かった。ウェイン王子にも伝えておきます」

「はい、ありがとうございます」

そして、奴隷たちの人種は雑多であるものの、主に彼らへの対応に当たるのがフラム人のニニムであったことから、自然な流れでフラム人のこの男が奴隷たちの代表となっていた。

幸いにも彼はある程度の教養を持っているらしく、代表としての役割は十分にこなせている。

「それと先日、今後の身の振り方について、皆さんの意志を確認しておくよう頼みましたが、どうでしたか?」

「大半がナトラへの移住を希望しています。ですがまだ結論を出せない者も少なくありません」

彼らは対外的にはウェインの所有する奴隷である。

だが、ウェインは彼らの処遇については放任している。行く当てがあるなら行ってよし。そうでないならウルベスに居る間は人足《にんそく》として扱い、事が済んだ後、ナトラについてくるなり好きにしろ、という扱いだ。

「解りました。ウェイン王子はもうしばらくウルベスに滞在する予定ですので、その間に決めておくよう伝えてください。時間は有限ですが、まだ猶予はありますので」

「はっ……」

男は頷《うなず》いた後、しばし逡巡《しゅんじゅん》し、やがて口を開いた。

「恐れながら、決めかねている者たちの気持ちを代弁してもよろしいでしょうか?」

「構いませんが、何か問題が？」

「問題などございません。ただ彼らは……私も含めて、戸惑っているのです」

「戸惑い、ですか」

　男は頷いた。

「ご存知の通り、我らは奴隷です。特別なことなど何一つできません。本来ならば主人に言われるがまま、死ぬまで働き続けていたでしょう。しかしそんな日々が、突然終わりを告げたのです」

「……」

「感謝しているという言葉に偽りはありません。しかし、我らには解らないのです。なにゆえ我らがこのような恩寵《おんちょう》を突然賜ったのか。この恩寵を受け入れていいのか。そしてこの御恩にどうすれば報いることができるのか……」

　なるほど、とニニムは納得する。予想外の幸運と環境の激変が重なり、地に足がつかないというのは、理解できることだ。

　しかし彼らが買われた理由を正直に説明するのは迷いがある。ニニムは適切な言葉を自分の中に求めて、数秒考えた。

「……あまり気負うことはありません。ウェイン王子は人徳に溢《あふ》れる御方ですので、これまでも不当に扱われている人々に手を差し伸べています。恩に報いたいというのであれば、ナトラの民として健やかに過ごすのが一番王子の思いに叶《かな》うでしょう。ですがもちろん、他の地へ行くというのであっても止めることはしません。貴方《あなた》たちは自由なのです」

我ながら浅い言葉だと思う。相手の表情からしても、見事に響いていない様子だが、こう言う他にないのだから仕方ない。あと言えることがあるとすれば——

「それでも落ち着かないのであれば、実はウェイン王子から仕事を預かっています。人手と土地勘が必要なので、可能なら貴方たちにと」

「是非とも！」

ニニムが言い終わるより早く返事が被《かぶ》さった。

「あ、いえ、失礼しました。ですが、それはありがたい。何も持たぬ我らにとって、王子のお役に立てるという自負は、大きな安心をもたらすと思いますので」

「そういうことならば、遠慮は要りませんね。詳細はこちらの書類にもありますが、口頭で説明しましょう。皆さんを広間に集めてもらえますか？」

「今すぐに」

男は踵《きびす》を返して部屋を出ようとして、その背中にニニムは声をかけた。

「少し待ってください。貴方に一つ聞いておきたいことが」

「はっ、何でしょうか」

振り向き小首を傾《かし》げる男を前に、ニニムは僅《わず》かに瞑目《めいもく》し、

「……あの時、なぜ私に微笑《ほほえ》んだのですか？」

◆◇◆

「それにしても、代表同士の駆け落ちとは驚いたな」

アガタの屋敷にて、嘆息交じりにウェインは言った。

傍《かたわ》らに立つのはニニムではなく、アガタの補佐のカミルである。

「流布させた密通の話ですが、王子はご存知だったのですか？」

「まさか。偽りでも刺さると思って流しただけだ」

この時代、確たる証拠などというものは滅多《めった》にない。ゆえに何かしらの疑いをかけられた時、重要になるのはその人物の権威、財力、信用、そして敵の有無といったものだ。

今回のオレオムとレイジュットは、ウェインの計略によって権威や信用に傷を付けられていた。さらに彼らを引きずり下ろしたい人間もいたのだろう。それらが噛《か》み合《あ》った結果、証拠のない密通がさも事実であるかのように広まったのだ。

「そして偽りのはずが真実で、彼らは駆け落ちしてしまったと。いやはや、予想外というのはあるものですね」

そう語るカミルだが、しかしウェインは小さく言った。

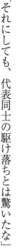

「果たして、本当に駆け落ちしたのか疑問はあるがな」

「……どういうことです？」

「駆け落ちすると二人が言ったわけではない。西都と南都の首脳部がそうと発表しただけだ。だったら、事実が違ってもおかしくはないと思わないか？」

「書き置きは残っていたそうですが」

「そんなもの幾らでも捏造《ねつぞう》できる。俺《おれ》が流した噂《うわさ》と同じだ。証拠などないに等しい」

カミルは小さく唸《うな》りながら思案に耽る。

しばしの後、疑問を口にした。

「二人が消えてくれた方が都合が良い人間は、確かに少なくないでしょう。しかしそうだとして、なぜ駆け落ちなのです？　普通に事故死なりでもいいのでは」

カミルの疑問にウェインは応じた。

「こういう煮詰まった状況下での事故死は、どうあっても不自然さを拭《ぬぐ》えない。次の代表につく人間は、否応なく猜疑《さいぎ》の目で見られ、その権威は落ち込むだろう。暴力的な簒奪は自分が被る王冠に傷をつけるも同然だ。長期的に見るとあまり割の良い手段じゃない」

「でしたら、心中は？　恋仲と噂される二人が、結ばれぬと運命を前に命を投げ打つ。これならば筋は通っているでしょう」

「それだと市井で二人が神聖視されかねん」

ウェインは芝居がかった口調で言った。

「互いに思い合うも結ばれぬ立場にあった二人！　遂には心中という形で永遠になってしまうという悲劇！　二人を追い詰めたのは一体誰《だれ》だ――なんて、実に騒ぎになりそうじゃないか？」

「……なるでしょうね。いえ、もしも心中が発表されていれば、間違いなく王子がそういう流れに持っていったでしょう」

畏怖を込めてそう口にしたカミルに、ウェインは無言で応じた。その態度こそが肯定を表しているとカミルは思った。

「しかしなるほど、駆け落ち。二人は愛に殉じて自ら舞台を降りたと。いざ説明されると、確かにこれが一番反発が少なく思えますね」

「もちろん実際に駆け落ちした可能性もあるがな。確率は半々くらいだろう。そして発表が偽りで敵対派閥に囚《とら》われていた場合、生死は七・三といったところか」

「意外ですね。生かしておく可能性が高いと？」

「状況が混迷しているからな。生け贄《いにえ》としての使い道はあるし、二人を支持する声が途絶えた辺りで姿を晒《さら》して、政権の移譲を声明として出させれば箔《はく》もつく。まあ、面倒ごとになる前に始末するのもおかしくはないが」

「………」

　そこで不意にカミルは黙り込んだ。

「どうかしたか？」

「いえ、失礼しました。……何にせよ、両都代表の失踪はこちらにとって有利に働きますね」

　沈黙を振り払うように応じたカミルに、ウェインは頷く。

「そうだな。こんな急な代替わりがスムーズに運ぶはずがない。向こうがぐだぐだと揉《も》めている間、こちらは殴り放題だ」

　事実、ウェインは今も離間工作を仕掛けており、それは順調に進んでいる。このままいけば、西都や南都を上回るとまではいかなくても、拮抗《きっこう》しうるところまで、権勢を取り戻せるだろう。

「やりすぎると今度は向こうの団結を招くから、案配が難しくはあるがな。その辺り、後でニニムを交えて議論するとしよう」

「そういえば、ニニム殿は今日はどちらに？」

「買い上げた奴隷たちのところだ。放っておくわけにもいかないからな」

　ウェインが答えると、カミルは感慨深げに言った。

「彼らという手勢を抱えることが、今もなお両都への圧力になっているとはいえ、わざわざ屋敷を借りて住まわせるとは」

「何か不満が？」

「いえ、純粋に感銘です。ナトラ本国では、フラム人が分け隔てなく暮らしているとも聞きます。敵対する者には容赦しなくても、やはりウェイン王子はお優しい方なのですね」

それはカミルにとって本心だったのだろう。

しかし、

「……優しい、ね」

ウェインは薄い笑みを浮かべた。

「そういえば、出立前に妹にも同じ事を言われたな――」

◆◇◆

バルコニーから見える大地が、白く染まっている。

大陸最北にあるナトラ王国は、もう一面の銀世界だ。

兄のいるウルベス連合はどうなのだろう。知らない土地、知らない都市でも、雪が降り積もれば同じ銀世界に感じるのだろうか
そんなことをフラーニャがぼんやりと考えていると、ふと背中に上着がかけられた。

「……ナナキ」

振り向くと、いつの間にか傍《かたわ》らにナナキが立っていた。

雪よりも白く、炎よりも赤い瞳《ひとみ》の少年は、フラーニャの顔をジッと見つめながら言った。

「袖《そで》を通しておけ。外は冷える」

言われた通り上着を着込む。気づかぬうちに冷たくなっていた体が、ほのかな温《ぬく》もりを帯びるのを感じた。

しかしその温もりでもってしても、フラーニャの表情を柔らかくするには至らない。彼女はどこか物憂げに外を見つめるばかりだ。

そんな彼女に向かって、ナナキは再び口を開いた。

「まだショックから抜け出せないのか」

「えっ？」

顔を上げたフラーニャを前に、ナナキは続けた。

「ウェインから聞いたんだろう。フラム人の歴史を」

「……」

フラーニャはナナキをジッと見つめる。

ナナキは普段、感情を表に出すことはほとんどない。怒りも喜びも悲しみも、まるで存在しないかのように過ごしている。そして今もいつも通り、何の感情も宿さない横顔をしている——と、余人には見えるだろう。

けれどフラーニャは違う。彼女はナナキが示す僅かな感情の機微に気づくことができる。例えばそう、彼が今、落ち込んでいることにも。

そしてその理由にも、心当たりがあった。

「そう、ね。ナナキの言うとおり、ショックだったわ。——フラム人が行った、虐殺の話は」

かつて始祖と呼ばれるフラム人が神を探し求め、神を虚構《きょこう》と悟り、神の創造を企てた。

彼が生み出したのは、唯一無二の神。

それは始祖にとってまさに天啓だったろう、と兄は語った。

多くの神は司る対象を必要とする。森の神ならば森が、河の神ならば河が、山の神ならば山がそうだ。そうすることで神が見えるようになり、信仰も容易になる。

しかし同時に、司《つかさど》るもののある神は、それが破壊された時に権威を失う。そして始祖は旅を経て気づいたのだ。人々はいずれ必ずや森を開拓し、河を抑え込み、山を削り、そこにいる神を殺すだろうと。

——必要だ。人の手の及《およ》ばない、永劫《えいごう》不変の神域が。

人を守護するための神を、人から守護せねばならないという矛盾。

それを抱えながら、始祖は探求する。

海では足りない。いつか人は海を支配するかもしれない。空でも足りない。いつか人は空を制覇するかもしれない。星であっても不安は残る。いつか人は星々を掴《つか》むかもしれない。

ならばどこだ。どこにフラム人の神を据えれば、神を失う不安に同胞たちが怯《おび》えずにすむ。

果たして、始祖の懊悩《おうのう》はどれほどだったか、計り知る手段は現在に存在しない。

しかし遂に始祖は至る。――過去から現在、そして未来まで、この世にある万物を司る唯一神《ゆいいつしん》という、決して侵されることのない領域に立つ、革新的な発明に。

「唯一神はフラム人たちの間にあっという間に広まって、信仰という繋《つな》がりを得たフラム人は、自分たちを護《まも》るために団結を始めて……」

国を造ろう。フラム人が虐《しいた》げられない、フラム人の国を。

彼らがその願いを得るのは、ごく自然な流れだった。

そしてフラム人たちは唯一神を崇め、神を生み出した始祖を旗印とし、なけなしの財と知恵を集めて行動を開始する。

その道のりが決して平坦でなかったことは、ナトラに残る多くの資料が示していた。それでも彼らは困難を乗り越え、史上初となる、フラム人の国を造り上げてみせたのだ。

「けれど、そこからが」

王朝の始まりから、既に崩壊の兆しは見えていた。

国家という枠組みを成立させるためには、多くの人手が必要だ。しかしフラム人の人数は圧倒的に足りておらず、必然としてフラム人以外の人間も組み込むことになる。

そこで彼らが過去を忘れ、他の民族と手を取り合えば、違った運命があったかもしれない。

しかしフラム人たちは忘れられなかった。自らが受けてきた苦痛と憎悪を。

そして支配者側となった彼らは、当然の権利のごとく報復を行った。

圧政と虐殺である。

「……当時のフラム人が、自分たちをどう自称してたか、ウェインから聞いたか？」

ナナキの問いにフラーニャは首を横に振る。

すると彼は自らの髪先に触れながら言った。

「天使だ」

「天使……？」

「唯一神の設定には齟齬《そご》があった。全《すべ》てを司る大いなる力を持ちながら、フラム人しか庇護《ひご》しないところだ」

フラム人が作った神なのだから、それは当然といえば当然だろう。しかしほんの僅かな瑕疵《かし》さえ嫌った始祖は、ある理由を思いつく。

「俺たちのこの髪と瞳。これまでは迫害の象徴だったそれに、始祖は目をつけた。……フラム人は人ではなく、地上に遣わされた天の使い。人より上の階層にある神の使徒。麗しき髪と炎を湛える瞳がその証《あかし》だと」

フラム人の白い髪と赤い瞳は、見方によっては神秘的にさえ映る。それゆえ目立ち、迫害されてきたのだが、始祖はこれを逆転させた。神秘的なのではなく、本当に神秘によるものであると提唱したのだ。

「長い間虐げられていたフラム人は、奴隷としての気質が染みついていた。自分たちを天使と考えさせるのは、それを払拭《ふっしょく》させる狙《ねら》いもあったんだろう」

そして始祖の目論見《もくろみ》は上手《うま》くいった。忌むべき髪と瞳は神からの祝福となり、己《おのれ》が神の使徒と信じたフラム人たちは、急速に自尊心を回復させた。

しかし始祖は恐らく、その後までは考えが巡っていなかったのだろう。

己を天使と信じたフラム人が、支配者側に回った時、自分を虐げた人間をどう扱うかなど。

「お兄様は、やり返したって言ってたわ」

「ウェインなりの気遣いだな。俺はやられた以上にやり返したと聞いている」

フラム人が作り出した、およそ筆舌に尽くしがたい、凄惨《せいさん》な光景の記録は、様々な形で西側諸国に残されている。それらの記録が示すところは、人を人と思わない者たちは、人に対していくらでも残酷になれるということだ。

そしてそんな血と怨嗟《えんさ》の上に立つ国など、長く持つはずもない。

程なくフラム人の王国は滅ぼされ、フラム人たちは再び奴隷の立場——いや、かつてよりもっと劣悪な立場へと引きずりおろされた。

人々に虐げられ、反旗を翻《ひるがえ》したフラム人は、人々を虐げることで、反旗を翻されることとなったのだ。

余談ながらその際、反旗の先頭に立っていたとある人間が、フラム人の宗教に目をつける。

彼はフラム人が作り出した、地方神《ローカルアイドル》でしかなかった唯一神を、自らに都合の良い設定を付け加えた上で、大陸神《メジャーアイドル》にすべく行動する。

後に大陸最高の宗教指導者《プロデューサー》となる彼の名は、レベティアといった。

「――だが、全ては遙《はる》か昔の話だ。フラーニャが気にしても仕方ない」

ナナキは言った。

「それとも、フラム人《おれたち》が恐ろしくなったか？」

そう問いかける少年の瞳には、決意があった。自分はかつて何千何万もの人間を虐殺した一族の末裔《まつえい》。もしもここで主君が頷くようであれば、二度と彼女に姿を見せることはすまいという決意が。

「――ううん、そんなことないわ」

そんな彼の決意を包み込むように、フラーニャはナナキの手を取った。背丈と共に成長したのだろうか。昔は自分と同じくらいだった彼の手は、心なしか大きくなっているように感じた。

「初めて聞いた時、ショックだったのは本当よ。でもナナキの言う通り、ずっと昔のことだもの。遠い過去の人の行いより、今ナナキが私に上着をかけてくれたことの方が大事だわ」

「……そうか」

ナナキは小さく頷いた。その短い言葉と動作の中に、安堵《あんど》が込められていたことは、フラーニャには解っていた。

「だが、それならどうしてぼんやりしてたんだ？」

当初はショックから抜け出せないのだと考えていた。しかし話を聞いていると、フラーニャはフラム人の歴史については既に乗り越えているようだ。

「……お兄様にね、言ったの。フラム人に暗い過去があっても、今はナトラがあるし、歴代の王様と同じく、フラム人に優しいお兄様だっている。少なくともナトラでなら、穏やかに暮らしていけるわねって」

その時のことをフラーニャは思い出す。

妹の言葉を受けた兄は、小さく笑ってこう問いかけた。

『──フラーニャは、俺がフラム人に優しいように見えるか？』

兄の質問に、フラーニャは咄嗟《とっさ》に答えることができなかった。

ウェインはニニムを重用し、またそれ以外のフラム人が要職に就くことも許している。他にも摂政に就いてからの所業を見れば、彼の優しさは疑いようがない。

無論、為政者たるもの、時には苛烈《かれつ》な決断をせねばならぬ時もあろう。それでも兄の根底には慈愛があると、ナトラの王宮以外のことを知らない、箱庭で過ごしていた頃ならば、迷うことなく頷いていたはずだ。

「けれど、できなかった」

王宮を越え、拙くとも使節として諸外国を渡り歩いてきた経験が、ウェインの言葉の中に含まれる何かを感じ取り、安易な肯定を許さなかったのだ。

「お兄様はフラム人に……ううん、それ以外の民にだって優しいはずなのに」

兄はあの時、何を伝えたかったのだろうか。そして自分はあの時、なぜ頷けなかったのか。その答えが解らず。フラーニャは一人、ずっと悩んでいた。

そこで、ぽつりとナナキが言った。

「だったら、調べてみればいい」

「調べる……？」

「ウェインが民に優しいのか、そうじゃないのか。たとえば俺はウェインを優しい人間とは思っていない。だが、俺の見方が正しいと言うつもりはないし、言ってもフラーニャは納得しないだろう。だったら、納得がいくまで調べるしかない」

「それは――」

ナナキが兄をそう思っていることについて、意外だとも、どうしてとも思わなかった。むしろフラーニャは、目の前が開けたような感覚を抱いた。

(そうだわ……お兄様は以前、人は色々な側面を持つと言っていた)

人は場所や状況に応じて、相応《ふさわ》しい側面を表に出す。

側面はあくまで一面にすぎず、人の一部であっても全部ではない。

ならば、と思う。フラーニャにとってウェインは理想の兄だ。けれどこれは逆に考えれば、兄の中にある、自分が理想とする部分しか、見てこなかったのではないか。

(だとしたら、あの問いかけの意味は……)

恐らく兄は、妹が自分の一面しか見ていないことに気づいていた。

だから問いの形で示したのだ。優しいという感想は、こちらの一面だけを見ているにすぎない。もっと広い視野を持つようにと。

「――ナナキの言う通りだわ」

おもむろにフラーニャは顔を上げた。

「お兄様がどういう思いで民と向き合っているのか、解らないなら、知ればいいのよね」

その様子に、僅かな安堵を交えながら、ナナキは言った。

「少し元気が出てきたな」

「ええ。そうと決まれば早速行動あるのみよ。まずはそうね……シリジスに相談してみようかしら。お兄様も頼るように言ってたし」

今後の方針について、あれこれ考えを巡らせるフラーニャ。

その様子を眺めながら、ナナキは思った。

(恐らく俺が何も言わずとも、遅かれ早かれフラーニャは同じ行動を取った)

問いかけの真意が、兄からの成長の促しだと思い至れば、フラーニャが止まることはない。たとえそこまで至らずとも、やはり兄の本心を探るべく、いずれは調べようとするだろう。

(問題は、ウェインが自身を引き合いに出したのが、意図したものなのかだ)

フラーニャの視野を広げるだけならば、他に無難な対象もあっただろうに、わざわざ自分に誘導したのは、どういうことか。

ナナキはウェインが優しい人間だとは思っていない。もしフラーニャも同じ結論に到達し、兄に失望するようなことがあれば、ウェインにとって何ら利点にならないだろう。

（意図していなかったのか、していた上で失望されない自信があったのか。あるいは……）

失望させることが狙い、という可能性もあるだろうか。

（……ダメだな、やはり俺ではあいつの考えは読み切れない）

ナナキは慣れない思考を打ち切り、自分の役目を改めて胸に刻む。

自分はフラーニャの護衛だ。余計なことは考えず、彼女に降りかかる災厄を払えばいい。

そう、たとえ誰が相手であろうとも――

◆◇◆

奴隷の代表との話し合いを終えたニニムは、ウェインの居る屋敷へ戻るべく、東都の路地を歩いていた。

もうじき日も暮れるということもあって、人影はまばらだ。人目を避けたいニニムにとっては、出歩くのに丁度良い時間帯である――が、今の彼女はそこまで気が回っていなかった。

（どうして）

道の端を進みながら、ニニムはぼんやりと考える。

（どうして、振り切れないの）

彼女の脳裏《のうり》にあるのは、代表のフラム人に投げた問いかけだ。

なぜあんなことを聞いてしまったのだろうと、今になっては思う。こちらから触れなければ、きっと向こうは何も言わなかったのに。

けれど聞いてしまった。そして聞かれたからには、彼の立場で答えないわけにはいかない。

代表の男は困ったような顔でしばらく言葉を選んだ後、言った。

『――今にも泣きそうな、フラム人の子供がいたので、安心できるようにと』

剣を突き刺されたかのような衝撃だった。

衣装を見れば、自分よりずっと恵まれた立場であることは解るだろう。それでも彼は、助けを求めるでもなく、嫉妬《しっと》や怨嗟を口にするのでもなく、同族の子供を労《いたわ》ることを選んだのだ。

こちらはどうやって彼を見捨てるか考えていたというのに！

（いっそ、かつての王朝時代のごとくであれば……）

支配者側に立つことで、周囲の民を虐げるようになったというフラム人。もしも現代に残るフラム人が、皆そのような精神性であれば、迷いなく切り捨てられただろう。あるいは、自分自身がそうでもいい。

しかし現実にはそのようなことはない。フラム人たちは多くが素朴で善良だ。そして自分も、フラム人である前にナトラ王家に仕える身であるとしながら、こんなにも揺れ動いている。

(同胞、同族、同志……)

ニニム・ラーレイという出自に、否応《いやおう》なしに纏《まと》わり付いてくる因縁。煩《わずら》わしいと思ったことは一度や二度ではない。何のしがらみもない、ただのニニムとしてウェインに仕えられれば、どんなに良いか。

けれど、そう思っていてもなお、振り切ることができない。

(もしもウェインが代わりに解決してくれていなかったら……きっと私は、一人でどうにかしようとしていた)

弱さだ、とニニムは思う。これは断じて優しさではない。自分の中にある弱さだ。

そんな、暗澹《あんたん》とする心を抱えながら歩いていた時だ。

「――ああ、ニニム殿」

名前を呼ばれて俯いていた顔を上げると、道の先にカミルの姿があった。

「今お帰りですか?」

ニニムは素早く心を切り替えて頷いた。

「ええ。カミル様は?」

「次の調略のため、今から現地へ向かう必要ができまして」

「それは……」

ウェインの計画の下で、アガタの部下は総動員されている。アガタの傍《そば》にいるべきカミルも、こうして外を奔走しなくてはならないほどだ。

本来ならばウェインの部下がその役目を果たさなくてはならないのだが、いかんせん見知らぬ土地ゆえ代わりになれない。細々とした手伝いこそしているものの、主力がアガタの部下であることは間違いなかった。

「何か私に手伝えることがあれば」

「いえ、これから伺《うかが》うのは北都の関係者ですから、外の人は特に相手にされないので」

「北都はそれほど排他的なのですか？」

「元々職人が多く偏屈な都だったそうですが、代表の一族が失われて以来、それに拍車がかかったと聞いています。……まあ、一族を処刑したのは北都の人間なので、自業自得ではありますが」

自業自得。

そう口にしたカミルの声は、異様なほど冷たかった。

彼自身もそれに気づいたのだろう。軽く頭を振ると、気を取り直して微笑を浮かべた。

「話が逸《そ》れましたね。ともかくお気になさらず。アガタ様の利益《りえき》にもなることですし、成果があると感じられる仕事なら、疲労も心地よくなるものです」

それより、と彼は続ける。

「ニニム殿の方こそ大丈夫ですか？　何やらふらついているように見えましたが」

「私より多忙なカミル様の前で、疲れたとは言えませんよ」

「おっと、これは参りましたね」

困ったように眉《まゆ》を寄せるカミルに、ニニムは付け加えた。

「冗談です。慣れない環境で少し疲労があったのかもしれません。殿下に報告した後、早めに休むことにしますよ」

「ああ、それが良いでしょう」

カミルは頷いた後、一歩踏み出した。

「――では私はこれで。もう暗いのでニニム殿も道中お気を付けて」

「ええ、それでは」

去って行くカミルの背中を見送って、ニニムもまた歩き出す。人と話したおかげだろうか。少しだけ気分は晴れていた。

（ダメね……私だけだと考えすぎちゃって）

カミルに言った通り、ウェインに報告したら少し休もう。

そう思って、しかし、ニニムは不意に歩みを止めた。

「……」

ニニムの視線が刃のように鋭くなり、全身に力が漲《みなぎ》る。そして一呼吸置いた後——ニニムは、近場の路地に脱兎《だっと》のごとく駆け込んだ。

日の暮れかけた路地は、もはや暗闇《くらやみ》の中と相違ない。しかしニニムは足を止めずに疾走する。

その時、背後から声。何者かが複数人追ってくる気配。ニニムに動揺はない。追跡者の存在に気づいたからこそ、この突然の行動だ。

(屋敷までまだ少し距離がある……！)

奴隷たちのいる館は郊外とはいえ東都、すなわちアガタの支配域。人手不足もあり、その往復だけならばと単独で行動したのが迂闊《うかつ》だった。

独力で逃げ切るか。周囲に助けを求めるか。選択肢が脳裏を過《よぎ》り、しかしそのどちらも選ぶことなく、ニニムは足を止めた。

一本道の路地の先。そこに立《た》ち塞《ふさ》がる仮面の男がいたからだ。

「……ウェイン王子の従者だな」

男は仮面越しにニニムを見つめながら、淡々とした声音で言った。

「我々に同行してもらいたい」

「……」

手練《てだ》れだ。ニニムは直感した。

一対一ならば勝てるかもしれないが、時間はかかる。そして背後から追いかけてくる連中は眼前の男の仲間だろう。多対一になれば勝ち目は限りなく薄い。

(更に私の素性を知っているということは、周囲に助けを求めるのも難しいわね。人が来てもフラム人の奴隷が逃げたと主張されれば、覆せるかは……)

だとすれば、こちらが取れる手段は一つ。

背後の敵が追いつく前に、勝負を決める。

そんなニニムの気迫を感じ取ったか、男は機先を制するように言った。

「抵抗はよせ。その場合、こちらにも考えがある」

「痛い目を見るとでも?」

「いや、お前は特別丁重《ていちょう》に扱えと指示されている」

男は言った。

「代わりに、あの奴隷たちのいる館が燃えるだけだ」

「――――っ!」

ニニムの顔に隠しきれない動揺が走った。原因はもちろん奴隷たちが人質に取られたことが一つ。そしてもう一つは、奴隷たちが人質として有効であると認識されていることだ。

買い上げたばかりの奴隷の命と、王族の補佐官の身柄だ。普通は釣り合わないと考える。それを取引に出すということは、ニニムの抱える複雑な感情を知っていなくてはならない。

もちろんそんなこと、周囲に吹聴《ふいちょう》するニニムではない。しかし彼女の態度や言動から、単なる手駒《てごま》扱いではないと推測することは可能だろう。問題はそれをくみ取れるほど近くでニニムを観察できる人間が、この男たちの情報源にあるということだ。

「……指示、ということは上役がいるのね。何者かしら」

「それを語るのは俺の役目ではない」

問いかけは取り付く島もない。

そうこうしているうちに背後に追っ手が到着した。もはや逃げ切ることはできまい。

ニニムは痛恨の表情で、絞り出すように言った。

「……いいわ。どこへなりと連れて行きなさい」

日が沈んだ路地の闇《やみ》に、ニニムと男たちの姿は消えていった。

◆◇◆

「計画は順調なようだな」

執務室にて、鷹揚《おうよう》にアガタは言った。

「ああ、そちらの手勢を貸してもらってるおかげでな」

応じるのはウェインだ。現在の進捗《しんちょく》を共有するため、二人は定期的に話し合いの場を設けていた。

「この様子なら、調印式までに勢力図をひっくり返せるのも不可能じゃない。――良かったなアガタ、お望み通りのウルベス統一が見えてきたぞ」

挑発とも取れるウェインの口ぶりに、しかしアガタは揺るがない。

「喜びとは、勝ちが決まった時にこそ分かち合うものであろう」

「ここからまだ情勢が動くと？」

「不測の事態というのは、いつ如何《いか》なる時でも起こりうるものだ」

「不測の事態ねえ……」

ウェインは茶化すように言った。

「東は順調。西と南は混乱の真《ま》っ只中《ただなか》。動くとしたら北か？　だがあそこは代表の一族がいなくてろくに身動きが取れないんだろう？　外国と内通した一族を処刑する羽目になった挙げ句手足まで縛られるとは、北都の民には同情を」

「内通ではない」

断ち切るように、アガタの声が割って入った。

「北都アルティの代表は、内通などしていない」

「ほう……？　以前はそう聞いたし、こちらが調べた資料にもそう書いてあったが」

「公式にはそうなっている。しかし、実情は違う。北都アルティの代表、イェルド・クルーンは謀殺されたのだ。——他ならぬ、北都の民にな」

　ウェインの瞳に興味が宿った。

　冗談などではないことは、アガタの態度を見れば解る。しかし北都の代表が、如何なる理由で庇護下にある民に殺されたというのか。

「……二十年ほど前のことだ。進歩のない技術、凝り固まった文化。意味を失った風習。ウルベス至上主義ともいえる思想の蔓延《まんえん》によって、連合は停滞を迎えていた」

　アガタは続けた。

「クルーンは妻と共にそんな現状を憂慮《ゆうりょ》し、行動した。その原動力は間違いなく郷土愛だ。このまま停滞が続けば、いずれウルベスは他国に呑《の》み込《こ》まれると、二人は危機感を抱いていた」

「話が見えてきたな。それで外国と接近したわけか」

「そうだ。北都より更に北にキャスカードという国がある。夫妻はそこの文化や思想を取り入れ、ウルベスに新たな風を呼び込もうとした。しかし……」

　夫妻の思いは民衆に届かなかった。

　保守的な思想を持った彼らは、変革を起こそうとする代表を異物とみなし、排斥したのだ。

「話が北都だけならば、あるいは隠居ですんだかもしれないがな。夫妻の動きは他の都の民にも伝わり、裏切り者と見なされた。北都の民は、彼らの首を差し出して、自分たちが潔白であることを証明しなくてはならなかった」

そうして夫妻とその一族は、内通の罪で処刑された。

しかし禊《みそ》ぎをすませたつもりでいた北都を、他の三都は食い物にする。北都の民が自らの行いを後悔しても後の祭りだった。

「……話を少し戻そう。私は北都アルティを侮るべきではないと考える。あそこの民は待っているのだ。主人の帰還と、贖罪《しょくざい》の機会を」

「一族は全滅したんじゃないのか？」

「したとも。だが、よくあるだろう。死んだはずの貴人の末裔が生き残っていて、落ちぶれた者たちを救い上げてくれる……そんなおとぎ話は」

そして北都の民は、それを信じている。

いつか救いがあるのだと信じて、日々を耐えているのだ。

「……なるほど、いつ爆発《ばくはつ》するともしれない連中の集まりというわけか。確かに油断はしない方がいいかもな」

もちろん、あくまでアガタが語った内容だ。嘘《うそ》ではないと感じたが、どこまで信じていいかは解らない。特にアガタは、こちらに対して何か思惑を抱えている節がある。

（ニニムが戻ってきたら、北都についてもう少し調べてもらうか）

そんなことを考えていた時だ。

「――失礼します！　ウェイン王子がこちらにおられると！」

息を切らして飛び込んで来たのは、北都関係者との交渉に向かっていたはずのカミルだった。

「どうした、北都の連中との話し合いで問題が？」

尋常な様子ではないカミルに問いかけるも、彼は頭を振る。

「い、いいえ、そちらは上手く運びました。しかし、その、とにかくこれを……！」

差し出されたのは一枚の書簡だ。真っ先に見せるのがアガタではなく自分に、という点に小首を傾げつつも、目を通す。

その顔が、凍り付いた。

「……ウェイン王子？」

不穏な気配にアガタが呼びかける。

ウェインは答えず、ジッと書面を見つめる。何度目を通しても、内容が変わることはない。

そして長い沈黙の末、ウェインは言った。

「どうやら……ニニムが捕まったらしい」

この言葉に、アガタの顔が険しくなった。カミルもまた沈痛な面持ちだ。

「無事に返してほしければ、西都と南都へのこれ以上の工作を止めろと要求している。……額面通りに受け取るのなら、西か南の手の者の仕業だろうな」

「……どうするつもりだ？」

アガタの問いかけの重さは、言うまでもない。

ここでの返答一つで、ウェインとアガタの協力関係という紐帯《ちゅうたい》が断ち切られる可能性があることを、この場にいる全員が理解していた。

そして、その上でウェインは、

「どうもこうも、言う通りにするしかないだろう」

深い嘆息とともに、そう答えた。

「幸い、というわけでもないが、要求はこの先の話だ。これまでの結果を振り出しに戻せとまでは言っていないし、工作とは別の方法で東都の勢力を増やす方法もあるだろう。そちらに方向転換だな」

ニニムを見捨てることはなく、しかしアガタとの協力関係もできる限り継続する。それがウェインの出した解答だった。

「そういうわけだカミル、派遣してる手勢は引き上げさせろ」

「はっ、いえ、その……」

カミルはチラリとアガタを見やる。アガタは小さく頷いた。

「構わん。どちらにせよ、ウェイン王子の協力が無ければ婚姻などの手配はできぬのだ」

「か、畏《かしこ》まりました。……ところでウェイン王子、仮に追加で要求が来れば」

「その前に下手人を見つけ出して殺す」

ウェインの返事は淡々としていて、気負いも何もなかった。ゆえに、そうするであろうことは間違いないと確信させた。

「引き上げさせた手勢はニニムの捜索に充ててくれ。早めに見つけて無事が確認できれば、また工作活動もできるしな」

「は、はは！」

入ってきた時と同様に、カミルは慌ただしく部屋を出て行った。

「……まさか、ここまで極端な手に出るとはな」

再び二人になったところでアガタが呟いた。

自分の予想が正しければ、恐らくあのフラム人の少女は無事だろう。彼女に人質として価値を認めたのならば、なおのこと無体には扱わないはずだ。

しかしもしも、もしも彼女が無事でなければ。

(目の前に座る、この竜の怒りは、ウルベス全体を焼き尽くしかねんな)

表向きは普段と変わらぬ落ち着きのウェイン。しかし代表として、多くの人を目にしてきたアガタには解る。彼の心の底には今、溶岩のような灼熱《しゃくねつ》の感情が渦巻いていることに。もしも先ほど、補佐官など切り捨てれば良い、などと口にしていれば、自分の口は永久に開かなくなっていたことだろう。

如何なる理由があったにせよ、竜は逆鱗《げきりん》に触れられた。その怒りが簡単に収まることはないだろう。

「だが、ある意味では丁度いいか」

そう言うと、おもむろにアガタは懐《ふところ》から書類を取り出し、ウェインの前に放った。

「……何だこれは」

「貴殿が必要としていたもので、更に必要になるものだ」

ウェインは書類を手に取り、目を通した。すると激情を湛《たた》えていたその横顔が戸惑いに揺れ、思索に染まり、やがて一つの問いかけへと至った。

「……一体どういうつもりだ、アガタ」

漠然としたその質問の意味合いを、アガタは正確に理解する。

「既に気づいているだろうが、連合統一というのは方便だ。私には別の目的がある」

「そのためにこの情報を俺に渡すのか？」

「そうだ。調印式まであと僅かだが、問題はあるまい」

アガタは続けた。

「代わりに、事が済んだあと、私の些細《ささい》な頼みを聞いてもらいたい」

「……」

両者の睨《にら》み合いは十数秒ほど続いただろうか。

やがてウェインが言った。

「その時は、そちらの隠していたことを全て話してもらうぞ」

「約束しよう」

アガタは小さく笑って頷いた。

第六章 調印式

客観的に考えて、丁重《ていちょう》に扱うという言葉に偽りはなかった。

あれからニニムは馬車に乗せられ、目隠しをされた後、どことも知れない屋敷に連行された。

そこで待っていたのは、貴人のごとき生活である。

外には見張りを置かれ、窓のない部屋を出ることは許されないものの、部屋は広く調度品も一級品ばかり。湯浴《ゆあ》みや食事に不自由はなく、束の間の休息と思えば実に快適な環境だ。

(どこぞの有力者の別荘とか、その辺りかしら)

あるいはその有力者が、今回の拉致《らち》計画を立てた人物なのだろうかとも思うが、ウルベスは異郷の地だ。さすがにこれだけの情報では見当も付かない。

(逃げるにしても、現在地くらいは摑《つか》みたいところだけれど)

屋敷を抜け出して、どこへ行けばいいか右往左往している間にまた捕まる、なんてことになれば、とんだ笑い話だ。それでいて、土地勘もなく、頼れる人もいない自分が無策で飛び出せば、高い確率でそうなるだろうから、笑うに笑えない。

(ウェインはどうしてるかしら……)

元気だろうか。心配してるだろうか。自分が人質にされたことで、どんな脅迫をされただろうか。自分がこうして生かされているということは、まだ利用価値があるということで、何にせよウェインは脅迫を受け入れたのだろう。

(状況的に考えれば、私を誘拐したのは西都か南都が鉄板よね)

要求するとしたら、アガタに対する裏切りなどか。とはいえウェインのことだ、唯々《いい》諾々《だくだく》には従うまい。どうにか隙間《すきま》を突いて最大の利益《りえき》を得ようとしているはずだ。

(ウェインが頑張っている間に、私もどうにか逃げる手はずを整えないと)

とは意気込むものの、見張りは厳重で、なかなか周辺を調べられそうな隙《すき》は無い。どうしたものかと悩んでいると、部屋の扉がノックされた。

「失礼します、ニニム様」

部屋の外から現れたのは、ニニムの世話を担っている女性の家人だ。口の堅さまで含めてその仕事ぶりは確かなもので、このような状況でなければ、ナトラの宮殿で働かないか誘っているところである。

「何でしょう。今日の食事までまだ時間はあると思いますが」

問いかけに家人は恭しく答えた。

「先ほど主《あるじ》がこちらに到着されました。――ニニム様をお呼びです」

「……！」

主。この屋敷に拉致されてから数日。一度も見かけていなかった相手だ。

彼女やニニムを捕縛しにきた者たちからして、確かな能力と忠誠心のある人材を手元に置いている人間であることに疑いはない。それが呼んでいるとなれば、願ってもない話だ。

「すぐに行きます。案内を」

家人に先導される形で、ニニムは部屋の外に出た。見張りが二名、ぴったりと背後からついてくる。万が一にも逃げ出さないようにだろう。

もっともその心配は無用だ。少なくとも主とやらの顔を拝むまで、逃げるつもりはない。もちろんその後のことを考えて、屋敷内部の構造などは努めて頭の中に入れているが。

「こちらのお部屋になります」

やがて一つの扉の前に到着し、家人の女性は扉を叩《たた》いた。

「ニニム様をお連れしました」

部屋の中から返事はなかった。

それでも家人は構うことなく扉を開き、ニニムを中へと促す。

そしてニニムは部屋へと踏み入り、

「……そういうことでしたか」

驚きは一瞬だった。むしろ腑《ふ》に落ちた感覚だった。道理で、と納得を抱きながら、ニニムはふっと笑って言った。

「貴方《あなた》が、彼らの主だったのですね――」

◆◇◆

調印式。

およそ十年に一度、ウルベス連合の今後について話し合う、式典にして会合である。会議の内容はその都度多少変化するものの、大筋は共通している。各都市の経済状況や問題点を皮切りに、都市間の連携や国際情勢についてまで話は及び、最終的に今後も連携を維持するかどうかの議論になる。

もっとも、大半の議論は事前に摺り合わせをすませている。その最たるものは連合の継続だろう。権利として連合脱退の手札は各都市が持ち合わせているが、一度としてその権利が行使されたことはない。

もちろん、あくまでもこれまではの話だ。それは民衆も理解している。連合の歪《ゆが》みは、もはや誰《だれ》もが肌で感じられるほど肥大化していた。

「どうなるんだろうな……今回の調印式は」

「西都と南都が手を組んだと思ったら、その両都の代表がまさかの駆け落ちだからな」

「北都の連中が不穏な動きをしてるって噂《うわさ》もあるぞ」

「代表がいないあいつらに何ができるんだ。それより、最近盛んな結婚話は東都の仕業なんだろう？　かなりの人が流れてるみたいじゃないか」

「しかしいくら代表が失踪したとはいえ、西都と南都を呑《の》み込《こ》めるほどではないだろう」

ウルベスの民は、もうじき来るであろう未来を口々に語る。

そして彼らが固唾を呑む中で、未来を決める会合が始まろうとしていた。

◆◇◆

今回の調印式が実施されるのは、東都マルドーの議会場である。

会場内は百人近くの人間が入れる広い作りだ。しかし調印式においては、この議会場が埋まるほどの人数が集まる。

連合結成当初の調印式は、代表と数人の側近だけで成立していた。しかし式典としての側面が強くなるにつれ、名のある人物をどれだけ多く引き連れられるか、代表が競うようになった。

その結果、各都市はわざわざ広い会場の用意を余儀なくされた、という歴史があった。

そして今まさに、議会場は各都市から集まった有力者たちでごった返していた。

「なかなか壮観だな」

ざわめく周囲を見渡してそう呟くのは、東都陣営の最前列に座るウェインだ。

会場の最奥にあるのは、一段高い場所に置かれた四つの席。各都市の代表の席である。そこには東都代表として、アガタが既に腰掛けていた。

ただし、残り三つの席は空白のままだ。

「北都はいいとして、西都と南都はまだ揉《も》めてるのか」

両都の陣営に目を向ければ、何やら喧々囂々としている。混乱を生み出したのはウェインだが、今はニニムの件もあって手を引いている。だというのに、落ち着くどころかあの有様《ありさま》とは。

「一度は纏《まと》まりかけたようですが、最有力候補の二人……名をラオーブとヒュアンツェというのですが、この二人がオレオム様とレイジュット様を監禁してる、という話が出てきたと聞いています」

そう解説するのはウェインの隣に居るカミルである。

「オレオム様とレイジュット様を支持していた層は当然反発。最有力候補と敵対していた層もそれに便乗。おかげで今をもっても次の代表を選べずにいると」

「当人たちは真剣なんだろうが、傍《はた》から見てる分には滑稽《こっけい》としか言いようがないな」

ウェインは呆《あき》れながら言った。

「このままだと、全員の視線をアガタが独り占めすることになるぞ」

「当然それは向こうも考えているでしょう。なので、さすがにそろそろ――」

と、カミルが言いかけたところで、止めようとする人間を振り切るように、二人の男が両都の陣営から前に出た。

「どうやら、最有力候補が強引《ごういん》に押し通したようですね」

「さて、ここからだな」

ウェインたちが見つめる中、会談は始まった。

◆◇◆

「随分と慌ただしいことだ」

息を乱しながら席に着く両都の代表、ラオーブとヒュアンツェに向かって、アガタは冷笑を浮かべた。

「黙れアガタ。貴様の小細工がどれほど我が西都に混乱をもたらしたことか」

「ラオーブの言うとおりだ。この件はここで徹底的に糾弾《きゅうだん》させてもらいましょう」

するとアガタは嘲笑を隠さずに言った。

「奇妙なことを言う。貴公らに分不相応なその椅子《いす》が空いたのは、混乱のおかげだろう」

「貴様……！」

ラオーブが憤慨を露わにするが、それを制するようにヒュアンツェが言った。

「語るに落ちましたな。自らの所業を認めるも同然ですぞ、アガタ卿」

「ああ、認めよう」

アガタは気負うことなく頷《うなず》いた。

「だが誰がそれを糾弾できる？　何せ、代表の椅子は未《いま》だに空いたままだ」

「何だと……⁉」

「当然だろう？　我らが偉大なるウルベス連合の代表というのは、厳正な話し合いの上で選出されるものだ。事前の通告もなしに現地で決められた人間を、さて、代表として扱っていいものかな」

これに二人は鼻白む。苦労して代表の座についたというのに、アガタからお前たちは代表として認めないと突っぱねられたのだ。

「では、何か⁉　貴様はこの十年に一度の調印式において、ただ一人の代表として勝手に振る舞おうというのか⁉」

「結果としてそうなるであろうな」

厳しい詰問にも、アガタは余裕を崩さない。

「しかしそれは確固たる代表を用意できなかった、そちらの責任。私が背負うものではない」

「馬鹿《ばか》な！」

ラオーブが吼えた。

「聞いたか皆の者！　このような横暴が許されると思うか⁉」

問いかけに、当然のごとく西都陣営と南都陣営は否と叫んだ。たとえ陣営にラオーブとヒュアンツェを認めていない者がいても、この件に関しては彼らの意見は一致する。

もちろん東都陣営からアガタの意見に同調する声がでるが、二都分の声量が相手となると分が悪い。

「……アガタ卿、確かに代表を今日まで選出できなかったのはこちらの落ち度。しかし、東都代表だけの調印式など、調印式として機能するものではない。特例として、我らの就任を認めていただきたい」

「ふうむ」

ヒュアンツェの提案に、アガタはもったいぶった態度で応じる。

「特例、特例か。確かに両都の長年の貢献を思えば、その程度のことは許容すべきか」

「いかにもその通り。偉大なる祖霊も、調印式が十全に機能している姿を喜ばれましょう」

するとアガタは失笑を漏《も》らした。

「祖霊が喜ぶ、か。いや、そこまで言うのならば、致し方あるまい。貴公らが代表につくことを認めよう」

ラオーブは鼻を鳴らした。

「ふん、当然だ！」

「ならば早速会談を始めよう」

完全な不意打ちだったが、アガタの方も無理筋であることは理解していたのだろう。さほど粘らず引っ込めたことに、両代表は内心で安堵《あんど》する。

だが、事態はそこで終わらなかった。


「——でしたら、私も認めてもらいましょう」


その凛とした声は、アガタの率いる東都陣営から発せられた。

より正確には、ウェインの真横から。

三人の代表と聴衆たちの視線を一身に浴びながら、その人物は壇上へ昇る。

「貴様……何のつもりだ」

「認めてもらうとは、どういう意味かな」

彼の意図が解らずラオーブとヒュアンツェは、警戒と困惑を見せる。

だが一人、アガタだけは何も言わず、ジッと見つめていた。

彼——カミルのことを。

「私はかつて北都の代表であったクルーンの子、カミル・クルーン。今この時より、北都代表として発言をさせていただく」

◆◇◆

「貴方が、彼らの主だったのですね――カミル」

ニニムの発したその言葉に、部屋に居たカミルはにっこりと微笑んだ。

「ええ、その通りです。驚かれましたか？」

「正直なところをいえば、貴方が糸を引いている可能性は高いと思っていました。奴隷《どれい》たちに人質の価値があるという発想に至れるのは、私たちに近しい人物だけ。そしてあの帰り道、私に話しかけてきたのは手勢を配置につかせる時間稼ぎですね」

「ご名答です」

そう言ってから、カミルは深々と頭を下げた。

「誘拐などという乱暴な手を使ったことには、心から謝罪します。しかしあのままでは、ウェイン王子がアガタを勝たせてしまう。王子の手を止める必要があったのです」

「……ということは、貴方の後ろにアガタが居るわけではないと」

「ええ。ですが西都や南都の諜報員というわけでもありません」

カミルは告げた。

「有り体にいえば、私は処刑された北都代表の子供なのです」

「……！」

　これにはさすがのニニムも僅《わず》かな驚きを見せた。彼の目を見れば冗談でないことは明白。そしてこの状況で嘘《うそ》偽りを口にする必要はない。ゆえにニニムの思考はその一歩先。北都代表の末裔である彼の目的へと至り、

「……ウルベスへの復讐ですか？」

「そうなります」

　事も無げにカミルは肯定する。

「この都市について、ニニム殿も色々と見聞きしたと思います。そしてこう思われたでしょう。暗くて、陰険で。息苦しくて、全然楽しくない都市だと」

「……否定はしません」

「当時私は物心もついていない幼子でしたが、両親が生きていた頃からこうだったと聞きます。そしてこういう空気を無くそうと両親は尽力し――殺されたそうです」

　カミルは力なく息を吐いた。

「私はこの都市が嫌いです。進歩のない、袋小路で悦に浸る、どうしようもない連中の集まりだと思っています。……この都市に戻ってきた時、あるいは、両親の死から何かを感じ取って変わっていてくれないかとも思っていましたが、無意味な期待でしたね」

　ニニムは悼ましそうに眉根《まゆね》を寄せる。復讐が目的と語るカミルの覇気のなさ。それが逆に、

もはや後戻りできる地点をとっくに過ぎ去っているのだと感じさせた。

「……具体的にどう復讐するつもりですか？」

「詳しくは教えられません。ですが、ウルベス連合は破壊するつもりです」

やる気だ、とニニムは思った。言葉の通りのことを、彼はやる気だと。

そして自分が止められるのだとしたら、今この時が最後のチャンスだとも。

「……確かに、私はウルベス連合にあまり良い印象を持っていません」

できるだけ言葉を選びながらニニムは言った。

「ですが、この都市に住む全《すべ》ての人々が悪徳であるとも思っていません。貴方のご両親の件と何の関係もなく、また何も知らない子供たちだっているでしょう。そんな彼らをも巻き添えにするつもりですか？」

「ふむ……」

ニニムの言葉を受けたカミルは、おもむろに上着を脱ぎだした。

何事かと身構えるニニムの前に、彼は上半身をさらけ出す。そこには、思わず目を背《そむ》けてしまいそうになるほどの、深く広い傷跡があった。

「これは私が都市から脱出する時に、追っ手にやられた名残です」

カミルは微笑んだ。

「親の罪は子には無い。ニニム殿の仰《おっしゃ》る通り、それは当たり前のことです」

そして、彼は言う。

「事がすみ次第、ニニム殿は解放します。そしてお国に帰って、人々に伝えてえください。当たり前のことが解らない、愚かな都市の愚かな民が、自業自得の末に滅んだのだと——」

「……自業自得の末、ね」

カミルの言葉を思い出しながら、ニニムは独り呟いた。

あの後、ニニムは再び監禁部屋に戻された。彼に何か言おうとしたが、気の毒なほど力のない彼の表情を見て、かける言葉は出てこなかった。

「今頃《いまごろ》どうなっているのかしら……」

今のニニムに外の情報はほとんど入ってこない。しかし体感時間からすると、そろそろ調印式が始まっていてもおかしくない頃合《ころあ》いだ。

きっとカミルは調印式で、自分が北都代表の一族であると明かすのだろう。そこからどうやってウルベス連合への復讐を果たすのか、ここからでは予想がつかないが、大きな騒動が起きるのは間違いない。そしてきっとそこに、主君の姿もあるだろう。

「ウェイン……」

主君が何を思い、その場にいるかは解らない。ウェインのことだ、あるいは何か、自分では想像もつかないような計画を練っているかもしれない。

けれどそんな計画の成否よりも、ウェインが無事でいることの方をニニムは願った。

己《おのれ》の祈りに微笑む神など、どこにもいないことを知りながら。

◆◇◆

「馬鹿な……クルーンの子だと……⁉」

ラオーブが驚愕《きょうがく》に目を見開く。

「あの一族は全て死んだはずだ……！」

ヒュアンツェも焦燥を隠せない。

「これが証拠です。クルーン家に伝わる家宝と、私の出自を保証する両親直筆の証書。私が都市を脱出する際に持たされた物です。……各都市の代表に立てるのは、定められた一族の人間のみ。その末裔たる私には、当然その資格がある」

カミルが示したのは、北都の象徴たる黒を基調とした、見事な細工が施された短剣だ。これほどの逸品となれば、そうは手に入るものではない。だが――

「そんなもの！　何の証拠になる！」

「ラオーブの言うとおりだ。これだけでは」

カミルを北都代表として認めれば、どうあっても厄介事《やっかいごと》になる。それが解るからこそ、他の代表はカミルの血筋を認めない。そのはずだった。

「いや、私は認めよう」

他の二人と違い、アガタだけはカミルの主張を肯定する。

「貴公は確かにクルーンの子だ、カミル」

「アガタ！　貴様何を言っているのか解っているのか⁉」

「北都の代表が座に就くことの不利益《ふりえき》は、そちらも共通しているはず……！」

「不利益など」

食い下がる二人をアガタは一蹴する。

「そも、北都代表が不在であった方がおかしいのだ。彼が席に着くことで、ようやく調印式が十全に機能する。祖霊もさぞ喜ばれることだろう」

アガタの言葉は正論なだけに、聴衆も思わず言葉を呑む。

しかしラオーブたちはなおも強硬に拒絶を示す。

「さては貴様ら、裏で繋《つな》がっているな⁉　何と言われようと、私は認めんぞ！」

「こちらもだ。このような異常事態、おいそれと許容するわけにはいかぬ」

「自分たちは特例で認められようとしておいてか」

「それとこれとは話が違う！」

アガタの皮肉をかき消すようにラオーブは言った。

「カミルとやら！　ここに貴様の居場所はない！　たとえアガタ一人が認めても、我らが貴様を認めぬ！　解ったらさっさとこの場から」

「いいや、この場を去るのは貴方たちだ」

その時、カミルが一歩踏み出した。

「私もまた、貴方たち二人が代表であることを認めるつもりはない」

「何ぃ……⁉」

「なぜなら、そこに座るべき相応《ふさわ》しい人物がいるからだ」

聴衆の間にざわめきが広まる。カミルの言う人物が何者か、誰もが頭の中に浮かべていた。

「ええい、静まれ！　こんなもの、若造の戯言《ざれごと》――」

ラオーブが声を張り上げようと聴衆へ目を向け、ギョッとする。その様子にヒュアンツェも釣られて視線を向けると、彼は聴衆のざわめきがカミルの言葉によるものだけでないことを理解した。

「ば、馬鹿な……」

沈黙を保っていた北都陣営の中に、いつの間にか立ち尽くす二人の人物。

フードを取ったその姿を、見まごうはずもない。

「オレオム……レイジュット……⁉」

駆け落ちと公式に発表されていたはずの、西都と南都の代表が、そこにいた。

「――聞け！」

戸惑う聴衆に向けて、芯《しん》の通った勇ましい声をオレオムは響かせた。

「私とレイジュット代表は駆け落ちなどしていない！　根も葉もない噂を流し、私たちの威信を貶め、あまつさえ監禁したのはそこの二人……ラオーブとヒュアンツェの仕業である！」

これにレイジュットも続く。

「私たち以外の証人も既に抑えているわ。この期に及んで言い逃れなどさせないわよ」

ラオーブとヒュアンツェの唇が戦慄く。そう、オレオムたちが主張する通り、彼らを監禁していたのは紛れもなくこの二人だった。彼らが派閥の掌握のために奔走する隙に共謀し、駆け落ちという体で代表の座から引きずり下ろしたのだ。

「ある人が、二人が駆け落ちなどしておらず、どこかへ監禁されているのではないかと言っていたのですよ」

カミルが囁《ささや》くようにラオーブたちに告げた。

「独自に人を出して探してみたら、大当たりでした。……使い道があるからと、二人を始末しなかったのは失敗でしたね」

「ぐ、くく……！」

歯噛みするラオーブとヒュアンツェ。聴衆から二人に向けられるのは、もはや疑念の段階ではなく、明確な犯罪者を見る目だ。

「……衛兵、何をしている」

そこでこれまで黙っていたアガタが口を開いた。

「栄えある代表の座を、不当な手段で掠め取ろうとした罪人だ。拘束して連れていけ」

「ま、待てアガタ！　これは何かの間違いだ！」

「ええいやめろ！　私に触れるな！」

抵抗しようとするラオーブとヒュアンツェだが、複数人の衛兵たちによって、彼らは議会場の外へと連れて行かれた。それを止めようとする者は、この場に誰もいなかった。

そして騒ぎ立てる二人がいなくなると、打って変わって議事堂は静まりかえった。

「――さて」

そんな静寂を破るように、一際《ひときわ》大きな足音を鳴らして、オレオムとレイジュットの二人が壇上に昇った。

「今この時より、私たちは代表として復帰する。そして私たちを助け出したのは、他ならぬカミル殿だ。その恩に報いるため、私たちは彼を北都の代表として承認しようと思う」

「異論がある者は、声を」

声は上がらなかった。

アガタは既に認め、そして正当なる代表の二人までも認めたのだ。この状況で、これに異を唱えることができる者などまずいない。

「――ならば今この時より、カミル殿の北都代表の就任を承認したものとする」

瞬間、拍手と歓声が湧《わ》いた。それは今まで沈黙を保っていた、北都陣営からだった。

他の陣営からも、少なからず拍手が続く。それを一身に浴びながら、アガタの補佐であった青年は、北都の代表として壇上に昇った。

「――まずは、私の就任を認めてくださったお三方に感謝を」

カミルは深々と一礼し、言った。

「そして早速ですが、北都代表としてここに宣言します。――我々北都アルティは、ウルベス連合から脱退すると」

◆◇◆

北都アルティの連合脱退。

カミルの宣言を受けて、聴衆たちの間にはさざ波のように動揺が走った。

「ば、馬鹿な！　脱退だと⁉」

「どういうことだ北都代表！」

「そんなことしたらどうなると！」

次々に聴衆から声が上がる。彼らからすれば、ウルパスは産まれる前より四つの都市で成り立っていた、自分たちにとっての価値観の土台。その形が崩れることは、到底受け入れられることではない。唯一喝采を上げているのは北都陣営ぐらいだ。

そうして大半の聴衆が混乱する最中、カミルは続けた。

「この件については、オレオム殿とレイジュット殿からも了承を得ています」

これに聴衆たちはギョッとする。自分たちの代表が、まさかこんな無茶な提案を認めるなど、予想すらできないことだ。

「今の話は本当ですかオレオム様！」

「レイジュット様！　なぜ了承など⁉」

陣営からの糾弾に、二人は沈黙を保つ。しかし答えずともその態度こそが肯定に等しく、聴衆の戸惑いは、瞬く間に怒りへと到達する。

「脱退など馬鹿げてる！」

「そうだ！　そんなことは有り得ない！」

議会場に怒号が飛び交い始め、代表たちはそれを黙って見つめる。しかし――

「北都は我らを裏切るつもりか！」

その叫びを耳にした瞬間、カミルの顔が歪んだ。

「裏切るだと？」

カミルは吼える。

「裏切りとは、互いに尊重し合ってきた関係があってこそ成立するものだ！　一方的な搾取と隷属を強いてきた相手から切り捨てられることは、裏切りとは言わない！　それは見限られたというのだ！」

聴衆たちは言葉に詰まった。他の三都市が北都の代表を排斥し、都合のいいように扱ってきたことは、目の背けようもない事実だった。

「し、しかし北都代表、連合から独立したとして、そちらは果たして立ちゆくのですかな。連合でなくなった以上、こちらも遠慮する必要は無くなりますぞ」

なおも食い下がる聴衆の言葉に、カミルは不快そうに顔をしかめる。

「浅ましいな。自らの所業を反省するどころか、開き直り、あまつさえ脅しに走る。そんな有様だから見限られたのだと、まだ解らないのか。貴公らは我らの心配をするよりも、己の心配をするべきだ」

容赦なく切り捨てた上で、カミルは畳みかける。

「それとも離脱の権利を認めないとでも言うか⁉　ならば宣言しろ！　調印式など無価値な茶番に過ぎないと！　私の両親を殺してまで護ろうとしたウルベスの慣例も！　風習も！　構造も！　都合のいい幻想だと！　さあ、言ってみせろ！」

カミルの声は、怒りと憎悪で満ちていた。

しかしその思いの裏側に、かすかな期待が込められていると、何人が気づけただろうか。

彼はウルベス連合の全てを罵倒しながら、同時に願っていた。誰かが自分を殺してでも止めてくれること。調印式という、ウルベスの象徴ともいえる式典の価値を貶めてくれることを。

（そうすれば……）

ウルベスの権威に傷がつき、ウルベスが絶対ではないと、人々が気づく切っ掛けになるかもしれない。それを皮切りに、ウルベスは変われるかもしれない。両親が願った、新たな可能性へ踏み出せるかもしれない。

けれど。

「…………」

動かなかった。

聴衆は目を見合わせ、忙しなく囁きあいながら、しかしそれ以上は踏み出さなかった。

「……ふっ」

失望はない。最早やるべきことは決まった。粛々と調印式を終わらせ、離脱の合意書に署名するだけだ。

心の中に乾いた風が吹くのを感じながら、カミルは意識を切り替えようとし、

「一つ、いいだろうか」

不意に、アガタが口を開いた。

「……アガタ殿、まさか貴方が認めないと？」

カミルはアガタを睨《にら》み付《つ》けた。その眼差《まなざ》しには、ウルベス連合に向けられる怒りや憎しみとは、また別の情念が込められていた。

「いいや、そうではない。仮にそうであっても、私がそれを言うつもりはない」

「では、何を？」

重ねて問いかけるカミル。

アガタは一息置いてから言った。


「――私はこの時をもって、東都マルドーの代表を辞任する」


言葉の意味をかみ砕くのに、聴衆とカミルは数秒の時間を要した。

「……まっ！　待ってください！　一体何を⁉」

我に返ったカミルが焦燥を露わにするも、アガタは気にせず続ける。

「それに伴い、後任を一人推薦しようと思う」

東都陣営から一人の人間が立ち上がる。

その姿を見て、議会場にいた居た全員が思わず目を見開いた。

「ウェイン・サレマ・アルバレスト。……彼が次の東都代表だ」

アガタの言葉を受けて、ウェインはにっと笑った。

◆◇◆

唖然。

その瞬間の光景は、まさにそう表現する他になかった。

そんな彼らを置いて、ウェインは悠々とした足取りで壇上に立った。

これでようやく皆は理解する。アガタは紛れもなくウェインの名を出したのだと。

「ばっ……馬鹿な！」

聴衆たちの代弁者として声をあげたのはカミルだ。

「なぜここでウェイン王子が⁉　彼を代表に任ずるなど、そんな馬鹿なことが……いや、それ以前に、彼には資格が無い！」

代表に立てるのは特定の一族のみ。その条件を締結した内の一人はアガタ自身だ。当然、ウェインがアガタの一族に含まれるはずが――

「彼は私の養子になった」

再び、全員が言葉を失った。

子に恵まれなかった大人が、養子を取るというのはさして珍しいことではない。

また貴族などは家の存続のため、他の貴族の子を融通してもらうなど、よくあることだ。

だが、だからといって。

「条件に養子を禁じる項目はない。ウェイン・サレマ・アルバレストは間違いなく私の子だ」

「ふっ――ふざけてるのか！　そんな！　他国の王子だぞ⁉　そんなことできるわけが」

「できる」

アガタは断言した。

「なぜなら、対応する制度がないからだ」

これにカミルは言葉を呑む。

当然だ。他国の王子が代表の養子になる可能性など、ウルベス連合の歴史上、誰も想定しない。想定していないのだから対応する制度もない。制度が無いのだから――できると押し通してしまうことは、不可能ではない。

「な、ナトラ側がこんな暴挙を許すとは」

「はっはっは、面白《おもしろ》いことを言うじゃないかカミル殿」

応じるのは壇上のウェインだ。

「私は王子だ。つまり、制度《ルール》を作る側の人間だぞ？」

無茶苦茶だ、と誰しもが思った。同時に、それを口に出すことはできなかった。ウェインが王太子であり、ナトラを実質的に運営管理していることは周知の事実。ことナトラに関して彼が白と言うのならば、白なのだと納得せざるを得ない。

「くっ……だが！」

カミルは残る二人の代表を見やる。

「オレオム殿！ レイジュット殿！ お二人はこれを認めるのか⁉」

二人を助けた際に、カミルの北都代表就任と、離脱の案に協力することを約束している。そうでなくても、二人は散々ウェインに辛酸を嘗めさせられたのだ。彼が就任することは是が非でも回避したいだろう。

そう、思っていた。

「私は彼の東都代表の就任を認める」

「同じく、ウェイン王子を承認するわ」

「なっ――」

カミルは思わず席を立った。

「なぜ⁉ 一体どうして⁉」

彼らの意図がまるで理解できない。不利になることは解りきっているのに、何故《なぜ》ウェインを認めるのか。

するとオレオムは重苦しく頭を振った。

「……順番なのだ、カミル殿。それだけだったのだ」

「全く……ここまであの人の予想通りになるだなんてね」

「順、番……？」

オレオムたちの言葉の意味を、カミルは猛然と思考する。

そして、ある可能性に辿《たど》り着く。

「……まさか。まさか、まさか！」

カミルはウェインに向かって、言葉を叩きつけるように叫んだ。

「先に見つけていたのか、この二人を……⁉」

◆◇◆

「こんな形で再会するとは、奇妙な縁があるものだな、二人とも」

それは調印式の少し前。

ウェインはとある屋敷にて、オレオム、レイジュットの二人と面会していた。

「……なぜ、私たちの監禁場所が解ったのだ？」

二人は少し前まで、ラオーブとヒュアンツェの用意した家屋の中に監禁されていた。それを突然やってきた謎《なぞ》の男たちに発見され、回収。そして今に至るのである。

「アガタの功績だな。側近にすら伏せていた私兵と、人目につかない場所や秘密の通路が網羅された各都市の地図。いやはや、伊達に年は食ってないな」

感心しているウェインにレイジュットは言った。

「それで、私たちをどうするつもり？」

「調印式において、俺《おれ》が東都代表になるのを承認してもらいたい」

「はあ？」

レイジュットが目を瞬かせる。

オレオムが困惑を滲《にじ》ませつつ言った。

「……如何なる道筋でそうなったのかは知らないが、無理だ。貴殿には代表になる資格がない」

「ああ、その辺りは心配しなくていい。どうにかする。条件を満たした時に承認してくれれば、それだけでいいんだ」

オレオムとレイジュットは互いに目を見合わせた。

それからしばらくして、二人は頷く。

「……いいだろう。その条件で解放してもらえるのなら」

「いや、もう一つある」

「はあ⁉」

レイジュットが目を剝く。

「少し欲張りがすぎるんじゃないかしら？」

「二人助けたんだから、一人一つ分ということさ」

「……ではそのもう一つの条件とは？」

「カミルに助けられた振りをしてもらいたい」

どういうことだ、とオレオムとレイジュットは眉根を寄せた。

そんな二人の疑問にウェインは応《こた》える。

「俺以外にもカミルが独自にお前たちを探しててな。改めて安全な場所を用意するから、そこに二人は監禁されている振りをしてもらう。その後でカミルにそれとなく情報を流すから、彼に助けられてくれればいい」

ウェインは続ける。

「恐らくカミルは見返りとして、俺が出した最初の条件と似たようなのを出してくるだろう。二人は俺のことを秘密にした上で、それに従ってもらいたい」

「い、意味が解らないわ……」

もはやお手上げという状態のレイジュット。

オレオムも理解しがたいという思いを顔に出しながら言う。

「つまり……カミルを嵌《は》めると？　だとしても、なぜこんな回りくどい真似を？」

「決まってるだろ」

するとウェインはにっと笑った。

「俺の心臓に手を出したあいつへの、嫌がらせだ――」

◆◇◆

「まあ深刻に考えることはない。私はナトラの王太子であり、東都の代表を受け継ぐに足る一族の人間にもなった。それだけのことだ」

悠々とした態度で語るウェイン。

それだけのこと、では到底すませられない話だが、それ以上にカミルは確信していた。

(オレオムとレイジュットの件は、一切《いっさい》聞いていない！ 東都代表の交代劇についてもだ！ 私が北都の代表として立つことを、彼らが気づいていたとしか考えられない！)

二人が自分に情報を伏せていた。その理由は当然、こちらの妨害でしか有り得ない。連合の崩壊のためには、彼を席に座らせてはならない。

「……東都の諸君！ これでいいのか⁉」

ゆえにカミルが狙《ねら》いを定めたのは、ざわめいている東都陣営だ。

「たとえアガタ殿の推薦があったとしても、彼は他国の王子！ 本当に君たちに利益をもたらすと思うか⁉」

代表の選出にあたって前任の推薦は確かに大きいが、絶対ではない。多くの場合は派閥内で政治的な駆け引きを行い、候補の一人を選ぶ形だ。

アガタは実子こそいないものの、親戚筋は多くいる。少し前まで落ち目の東都だったとはいえ、アガタの後任を狙っていた者も居るだろう。その連中を煽ることができれば——

「お前ら」

ざわめく聴衆に向かって、ウェインは言った。

「黙って見てろ。——俺が勝たせてやる」

その瞬間、肌が粟立《あわだ》つのをカミルは感じた。

(これが、ウェイン・サレマ・アルバレスト……!)

彼の凄《すさ》まじさは理解していたつもりだった。明るく鷹揚《おうよう》な彼が、空恐ろしい奸計《かんけい》を巡らせることに驚いたのは、一度や二度ではない。

だが、それすらもまだ片鱗。こうして対峙《たいじ》する立場になって骨身に染みる。彼の持つ、為政者として圧倒的な器量が。

「どうやら、納得してもらえたみたいだぞ、カミル」

カミルに向けてウェインはにやっと笑う。彼の言うとおり、東都陣営の聴衆は一瞬にして黙り込んでしまった。いや、東都だけではない。他の陣営の者たちも、息を呑んでしまっている。

あの、たった一言で！

「見事なものだな」

「これぐらい、いつものことさ」

短く言葉を交わすとアガタが席を立ち、代わりにウェインが代表の席に腰を下ろす。

東都の新たな代表が生まれた瞬間であり、そして誰一人そこに異論を口にしなかった。

「さて、早速だが中断していた話を再開しよう。北都の連合離脱についてだったな」

ウェインは言った。

「俺はこう主張させてもらう。北都共々、連合を継続すべきだとな」

これにカミルは顔をしかめる。

しかしそれは、自分の意見を否定されたから、ではない。

(東都による統一が狙いではないのか……？)

アガタの目的がそこであるならば、協調するウェインの目的も同じはず。

あるいは、この状況では踏み込めないと考えて、連合の維持に走ることにしたのか。

(……ダメだ、私には読みきれない)

アガタにしてもウェインにしても、為政者として受けた教育や、為政者として過ごしてきた経験は、圧倒的にカミルより上だ。その腹の内にある深淵は、とてもではないが把握できない。

(ならば余計なことは考えず、このまま押し進む！)

決意と共にカミルは口を開いた。

「先ほども言ったように、北都は搾取されてきた。その構造の中にいても利益などない！」

「これまではそうだろう。だが、こうして北都の代表が立った。カミル殿が代表の務めを果たす限り、北都が一方的に搾取されることはされないはずだ」

痛いところを突いてきた。カミルは内心で舌打ちする。ウェインが語る通り、感情的な部分を差し引けば、カミルがこうして北都のトップに立った以上、連合に残留しても状況はぐっと改善するのだ。

「まして、先ほどは上手《うま》く話を逸らしていたが、離脱後のプランはどうなっている？　農業、外交、交易を他の都市に依存してきた北都だ。たとえ外敵がいなくても、食いつなぐには一苦労だろうに、残る三都から、いやそれ以外からも攻撃されるかもしれないときてる。まさかとは思うが、離脱だけしたら後は滅んでも構わない……というわけではないだろう？」

まさしくその通り。滅んでも構わない。北都の離脱から始まり、ウルベス連合が諸外国によって呑み込まれること。それがカミルの願いだ。

しかし当然ながらそのことを知る者はごく僅か。聴衆の北都陣営の大半には、表向き別のプランを説明してある。それは──

「北のキャスカード王国と話がついている、といった辺りか？」

「……っ」

図星を突かれたカミルの表情が歪んだ。

「浮いた都市になる北都アルティを、丸ごとキャスカードに身売りする。自分たちはキャスカードの庇護《ひご》を。キャスカードは残り三都に対する橋頭堡《きょうとうほ》を得る。実に有り得そうな話だ……去年までならな」

ウェインは畳みかける。

「今、大陸の西側に蔓延《まんえん》する食糧難。キャスカードであっても例外ではない。農地を大量に持つ南都ならともかく、北都を抱えて三都と敵対するような事態は避けたいと、向こうから打診されてるんじゃあないか？」

（な、なぜそこまで……！）

知っているはずがない。知り得るはずもない。だというのに、まるで見てきたように語るそれは、こんなにも真実を射貫いている。

「いけないいなあカミルくううううん。そういう大事なことを仲間に秘密にしちゃあ」

（こ、の、男、は……！）

歯噛みしながらカミルはチラリと北都の陣営を見やる。案の定、彼らの間にざわめきが広まっていた。ここで彼らの支持を失うわけにはいかない。

「くだらぬ妄言《もうげん》を口にするのはいい加減にしてもらおう！」

流れを断ち切るようにカミルは叫んだ。

「確かに私が代表の座についた以上、連合内で北都は健全な立ち位置を得られるだろう。しかし、これまで被ってきた屈辱が拭えるわけではない！　それとも過去を乗り越え、新たに対等な関係になろうと、厚かましくも言ってのけるか⁉」

かくなる上は感情に訴える。北都の誰もが他三都市に隔意を抱いているのは、たとえウェインであっても覆せない。ならばその感情を煽り、離脱へと持って行く。

だというのに、

「まあ、そういう反応になるだろうな」

ウェインはあっさりと頷いて、

「なので、賠償をしよう」

カミルの目の前に、書類を突きつけた。

「な、なんだこれは」

「俺が記した、ウルベス連合の解答書だ」

その言葉の意味を即座に理解したのは、代表の座に就いている人間だ。書類を受け取ったカミルの手にも、思わず震えが走った。

「この書類に、連合内部のしがらみという迷宮の答えが、全て記されている。その効果の程は……まあ、言うまでも無いな」

ウェインが西都と南都の勢力を散々切り崩してきたことは、カミル自身も近くで見ている。

そしてこの書類が真実だとすれば、これを読み解くことで、ウェインの所業を再現できるということだ。

「これを、北都へ供出しよう」

　ウェインは言った。

「そうすれば、三都に対する圧倒的なアドバンテージになる。想像してみろ。気にくわない連中を意のままに操《あやつ》る快感を。最高の気分だぞ」

　ただし、と彼は締めくくる。

「書類の効果は、四都市が継続して連合を組んでいることで発揮される。三都市になれば、都市内のしがらみは大きく変化し、ただの無意味な紙束になるだろう」

「……！」

　カミルが抱いたその感情は、もはや恐怖に等しかった。

（三都市に憎しみを抱いている北都に、私は新たな道を示した！　しかしウェイン王子は残れと言う！　それも恨みを忘れるためではなく、恨みを晴らすために残れと……！）

　尋常の発想ではない。弱者として虐《しいた》げられてきた者たちに逃げ場所を与えるのではなく、強者の快感を教え込むことで縛り付けるなど、どうしてできようか。

　そして案の定、北都の陣営は揺れていた。独立という未知よりも、継続という既知の関係性の中で、自分たちが強者として振る舞えることに、魅力を感じているのだ。

「……カミル殿、私も連合の継続を望みたい」

するとそれまで沈黙していたオレオムが口を開いた。

「確かに我らは愚かだった。北都に対して、いや他の都に対しても、もっと誠実であるべきだった。その過去は消せないが、教訓を胸に、未来へは進めるはずだ」

「綺麗事《きれいごと》を……！　北都が残って復讐されるのを恐ろしいとは思わないのか⁉」

「思う。思うが、それを乗り越えられた時、ウルベスはもっと強くなれるはずだ」

「乗り越えられずに沈むかもしれない！」

「それをさせないために、私たちがいるのでしょう」

オレオムに続いてレイジュットもまた、連合の継続を望むと口にする。

聴衆たちの間にも、同意するような空気が広まっていく。何かを言って流れをせき止めなくてはいけない。しかし出てくるのは、悔しさと恨み言だった。

「……なぜだ、ウェイン王子。なぜ、私の邪魔をする！」

「俺の心臓に手を出したからだ」

ウェインは端的にそう応じてから、

「というのがまあ半分くらいで、もう半分は、少しばかり良いものみてな」

「なに……？」

それは数日前、オレオムとレイジュットを見つけた後の、別れ際。

「そういえば――事が済んだあと、どうするつもりだ？」

「どうするとは？」

オレオムとレイジュットは小首を傾げる。

「散々派閥に尽くしてきたのに裏切られて、嫌になったんじゃないかと思ってな」

「裏切られたのはあんたのせいよね？」

「まあそうなんだけど」

ウェインはけろっとしたまま続ける。

「その代わりというわけじゃないが、逃げるのなら手を貸すぞ」

オレオムとレイジュットはしばらく沈黙した後、ふっと笑った。

「厚意だけ受け取らせてもらおう。私たちはこの都市から逃げないと決めている」

「なぜだ？　二人の能力があれば、他の国でもやっていけるだろう」

「……二十年前に、北都の代表のクルーン夫妻が処刑されたって知ってる？」

レイジュットの問いにウェインは頷いた。

「あの人たちはウルベスを良くしようという信念の元に行動し、最後まで逃げなかったのよ。逃げる機会はいくらでもあったはずのに」

「連合は歪んでいる。北都の代表を認めないなど、その最たるものだ。だが、そこで逃げてはあの人たちに顔向けができない」

「私たちの力でウルベス連合を正しくする。クルーン夫妻の生き様を知ってから、二人でそう決めているのよ」

そう語るオレオムとレイジュットの目には、確かな力強さがあった。

それを見て、ウェインは――

「カミル、お前はとっくに見限ってるみたいだが……ここも案外捨てたものじゃないかもしれないぞ」

そう言って、小さく笑った。


その後、調印式は閉幕する。

駆け落ちしていたはずの代表二人の復帰。北都代表の選出。東都代表の交代と、あまりにも多くの出来事があった中で、四都市による連合は、変わらず継続することで決定された――

エピローグ

アガタの屋敷の一室。

そこに今、ニニムの姿はあった。

「くてーん……」

ベッドに身を預けて、くてっと突っ伏しているという姿だった。

「そんなに落ち込むなよ。ニニムの責任ってわけじゃないんだから」

そう笑って慰《なぐさ》めるのは、すぐ傍《そば》でベッドに腰掛けるウェインである。

しかし今の彼女にそんな安っぽい慰めは通用しない。

「私今回、全然役に立たなかったわ。それどころか、足まで引っ張って……」

カミルによって誘拐されたニニムだが、結局自力で脱出するより前に、ウェインが派遣した人員によって居場所を発見されていた。

その後、調印式で人手が減ったところで脱出し、無事なニニムを見てウェインは大いに喜んだのだが――

「消えたい……貝になりたい……」

ご覧の有様《ありさま》である。

(今回はウェインのおかげで何とか収まったけど……)

いつかまた、自分の弱さに足を取られる日が来るかもしれない。

そして自分のみならず、ウェインまでも巻き込んでしまうかもしれない。

そんな想像を巡らせると、思わずベッドの上で身もだえしてしまう。普段ならすぐに切り替えるところだが、今回ばかりは心が参っていた。

そうしてニニムは身もだえの末に、もぞもぞとベッドのシーツの中に潜り込もうとし始める。

その姿はさながら光を恐れる小動物のようだったが――

「ほら、ニニム」

「きゃ」

おもむろに、ウェインはシーツに包まるニニムの体を持ち上げて、膝《ひざ》の上に載せた。

「ニニムが誘拐されたのは俺《おれ》の落ち度でもある。誰《だれ》が悪かったかでいえば、俺もニニムも失敗したんだ。反省した上で、無事なことを喜ぼう」

「むう……」

ニニムは僅《わず》かに頬《ほお》を染めて、小さく頷《うなず》いた。

そんな彼女の髪を撫でながらウェインは言う。

「それにほら、失敗や間違いなんて俺の方がいつもしてるわけだし。それに比べればニニムのなんて可愛《かわい》いもんだって」

「……言われてみればその通りね」

「あれ、そこで納得しちゃうの」

「ところでウェイン、アガタの養子になったとかそんな話を聞いたんだけど」

「いかん、励ますタイミングを完全に間違えた」

ウェインは素早くニニムを置いて脱出しようとするが、その前にニニムが自分の包まるシーツの中にウェインを引きずり込んだ。

「お父上のオーウェン陛下もご存命なのにアガタの養子になるって、何考えてるの！」

「それはそのう、どうしても必要な一手だったっていうか」

「言っとくけど、帰ったら絶対問題になるわよ……！」

「俺もそう思うので、一緒に言い訳を考えてもらえるととっても嬉《うれ》しい」

ニニムはウェインの頬を思いっきり引っ張った。

「はあ、まったくもう……何かと国を空けて外国で好き勝手して、フラーニャ殿下に人気が抜かされちゃうかもしれないわよ」

呆《あき》れと冗談の半々の気持ちでニニムは息を吐く。

だが、

「――それなら丁度良い。そろそろナトラの民も夢から覚める頃だ」

次の瞬間、するりとシーツの中からウェインは滑り出た。

「ウェイン……？」

「俺は今からアガタと少し話してくる。ニニムは帰国の準備を手配しといてくれ。あ、奴隷《どれい》の連中もついてくるなら忘れないようにな」

それだけ言うと、ウェインは部屋を出て行った。

一人になったニニムは、まだウェインの温《ぬく》もりが残る布きれを、腕の中に抱きしめた。

◆◇◆

「……元北都代表イェルド・クルーン。その妻であるディオナ・クルーンは私の娘でな」

アガタの屋敷の応接室。

ウェインを前にして、滔々《とうとう》と語るのは、屋敷の主たるアガタだった。

「幼い頃から溌剌《はつらつ》としていて、私にとっては未来の象徴だった。そして成長するにつれて、あの子はウルベスの閉塞感を察し、打開しようと行動を始めた」

「その過程で、イェルドと出会った」

「そうだ。イェルドもまたウルベスの未来を憂う人間だった。二人が惹《ひ》かれあうのは必然だったのだろうな」

アガタは遠い、遠い光景を目に浮かべる。もはや失われた、幸福なる時間の景色を。

「北都代表と東都代表の直系だ。交際には反対もあった。しかしウルベスの未来を拓くのだと、二人は力を合わせてついには結婚し、子供も儲《もう》けた。それが二人にとっての自信の源泉であり、また子供に素晴らしい未来を用意するという使命感にもなった」

「だが——失敗した」

　アガタは深く頷いた。いかなる経緯で彼らは転がり落ちたのか、当事者でもウルベスの民でもないウェインには解らない。しかしそこには、容易には語りきれぬ物語があったのだろう。

「私は処刑を回避させようと奔走した。だが牢獄にて面会した私に娘は言った。そんなことはしなくていいと」

「なぜ？」

「北都と東都の共倒れを懸念《けねん》したのだ。庇えば当然私も内通を疑われる。そうして両都が荒れれば、外国が付け入る隙になりかねないと」

「自分が死ぬかもって時に……」

　頭を振るウェインに、アガタは力なく笑って続けた。

「娘にとって、自分の命よりもウルベスが優先だったのだ。だがそれでも、幼い子供は気がかりだったようでな。助けて欲しいと頼まれ、私は密かにその子を都市から脱出させた」

「向かった先はキャスカードか」

　アガタは頷く。

「内通者として処刑された娘の親である私に、人々は厳しい猜疑の目を向けた。政治的に敵対している者たちも、隙を窺《うかが》っていた。私は身動きが取れず、キャスカードに向かわせた子の様子はほとんど分からなかった」

「それがある日、自分の所にやってきたと」

「十年ほど前になるな。名前は変えていたが、一目で分かった。娘の血を引いていると。……そして私とウルベス連合に、強い憎しみを抱いていると」

　そこでアガタは一旦《いったん》言葉を置いた。

　二人の間に長い沈黙が落ちる。

　ウェインはただジッと次の言葉を待ち続け、やがて、アガタは再び口を開いた。

「正直なところを言えば、私もウルベスに嫌気《いやけ》が差していた」

「娘を殺されたんだ。当然だろう」

「だが、娘に託されてもいた。自分は失敗したが、どうかウルベスを頼むと娘は言っていた。私はその言葉を柱に、東都代表として君臨し続けた。……だが娘の死をもってしても変わらないウルベスに、私は失望していたのだ」

　アガタは続ける。

「それゆえに孫が……カミルが私とウルベスを滅ぼすというのならば、構わなかった。むしろカミルの手で引導を渡されることこそ、一番の幕引きなのではとすら思い、気づかれぬよう手を貸すことにした」

「……なるほど」

ウェインは言った。

「見えてきたぞ。ウルベス連合を崩壊させる計画を練るカミル。それを密かに援助するアガタ。だが、その計画が狂ったんだな。西側の食糧難によって」

「まさにその通りだ」

アガタの口元に浮かぶのは苦笑いだ。

「北都の人間による武装蜂起で、調印式の出席者を会場ごと制圧。同時にキャスカードによる侵攻で、速やかにウルベス連合を終わらせるという構想すらあった。だが全《すべ》て吹き飛んだ。ウェイン王子、貴殿が選聖会議で仕掛けた計略のおかげでな」

「ごめんね」

心が一寸もこもってない謝罪をした後、ウェインは言った。

「となると……そうか、俺を呼んだのはカミルと組ませるためか」

アガタは頷いた。

「貴殿の知謀の冴《さ》えはこの目で見た。キャスカードが不発に終わるのならば、カミルに新たな手札が必要だ。そう思って招待した。名目上は統一へ手を貸してもらうとしてな」

んだな」

「道理で長丁場ドンと来いって態度だったわけだ。カミルが俺に接近する時間を稼ぎたかった
「しかしこの計画は失敗だった。……貴殿があまりにも迅速に、鮮やかに、東都の権勢を高めてしまったからだ」

アガタとしては気が気でなかったに違いない。本来ならば孫と手を組ませるはずの相手が、名目上でしかない連合統一を成立させるため、凄《すさ》まじい勢いで成果を出し始めたのだから。

「その結果、カミルは焦《あせ》り、貴殿を止めようとして敵に回してしまった……人選を誤ったと、心の底から後悔した次第だ」

「トラブルメイカーの俺を呼ぶのが悪い」

「自分で言うのか」

「最近自覚し始めた」

ウェインとアガタは小さく笑い合った。

「……一つ聞いておきたい。貴殿はいつからカミルが怪しいと思っていた？」

「西都と南都と嵌《は》めるために、奴隷と武器を買おうってなった時だな」

ウェインは答えた。

「あの時、買えた武器が多すぎた。武器なんて戦う以外使い道がないんだ。近隣で戦争やってるならともかく、そう大量に作り置きするようなもんじゃない。なのに大量にある。つまり自

分たちか、あるいは誰かが戦争すると知ってる可能性が高い」

「ふむ……」

「そして近々の戦争のための武器を、カミルは大量に買い付けてきた。戦争が回避されたから不要になったのか、カミルが戦争用のを引っ張ってこれる立場にあるのか、その両方か。何にしてもきな臭い。警戒しといて損はないなってところだ」

「なるほど……解ってはいたが、やはり敵《かな》わんな」

アガタは力なく笑った。そうでなくては、選聖会議での大立ち回りを演じられるはずもないが、それでもやはり感嘆する他にない。この若き王太子は傑物であると。

「俺の方からも一つ聞きたいんだが、ニニムが誘拐された時点でカミルの仕業だと気づいていたのか？」

「何やら不穏な動きを見せていることは摑《つか》んでいた。そこであのタイミングだ。十中八九カミルの仕業であろうとは予想していた」

「それであの言葉か」

「そういうことだ」

アガタは頷いた後、小さく息を吐いた。

「私の抱えていた事情はこれだけだ」

「ああ、おかげで納得できた」

「それでは――最後に一つ、些細《ささい》な頼み事をさせてもらおう」

アガタは席を立つと、ウェインの前に頭を垂れた。

「カミルのことを、どうか許してくれ……！」

アガタの声には、鬼気迫るものがあった。

「代わりにもならないが、この老骨を煮るなり焼くなり好きにして構わない。カミルにとって私は親を見捨てた唾棄すべき人間だが、私にとってカミルは娘の忘れ形見《がたみ》だ。どうか……！」

ニニムという、ウェインにとっての逆鱗。カミルはそこに触れた。

目の前に座る、人の形をしたこの竜の怒りを静めなくては、彼に未来はない。

竜がナトラに帰ろうと、カミルがどこに隠れようと、必ずカミルは焼き尽くされるだろう。

それを回避させるのが、自らの最後の役目だと、アガタは確信していた。

「許す、といってもな」

しかし予想外にも、ウェインが浮かべたのは朗らかな苦笑だ。

「嫌がらせは十分にしたし、当初の目的である貿易についてもオレオムと話はつけた。俺はもう怒ってないぞ」

「……それは、本当か？」

「ニニムは丁重《ていちょう》に扱われたって言ってたし、そのニニムもアガタの情報のおかげで調印式の時に回収できたしな。ここで更に八つ当たりなんかしたら怒られる」

ウェインの言葉に偽りはないことは、十分に伝わった。

アガタは思わず安堵《あんど》の息を漏《も》らし、

「――だが、次は殺す。ウルベスごと灰にする。忘れるな」

その言葉にも、一切《いっさい》の偽りがないことに、背を震わせた。

「ああ、それと東都の統治に関してはアガタに任せる」

「構わないが……良いのか？」

「いや普通にこんな飛び地管理できないし」

ウェインの本国は北端のナトラ。そしてウルベスは西端だ。距離を超越する魔法でもなければ、同一人物が直接差配できるものではない。

「それに俺が言うのもなんだが、ウルベス連合はこれから大変だぞ。北都に渡した解答書を上手《うま》く使わなきゃ北都の民は不満を溜《た》めるし、上手く使いすぎたら他の三都市から恨まれる。それでいて解答書の効果なんて、一年くらいしか持たないからな」

「……やはりそうか」

解答書に載っているのは現状の答えのみ。状況を動かしたことで変化した先については、さしものウェインとて予想しきれるものではない。それでも一年は持つと豪語できるのだから、十分驚異的だが。

「王子がその都度修正と変更を加えてこそ、あれは活かされるであろうな」

「後はしがらみの無視もな。答えが解っていても正しい方を選ばないのがしがらみってもんだ。俺は全然気にしないでいけるが、カミルはどうなるか解らん」

何だかんだと言ったところで、カミルは責任感の強い男だ。意図しない結果になったものの、代表の座を捨てることはしないだろう。しかしその責任感が、吉と出るか凶と出るかは、ウェインにも解らない。

「だからまあ、俺の代わりとして精々孫を支えてやるんだな」

「……感謝する、ウェイン王子」

アガタは深く深く頭を垂れた。

「カミル、オレオム、レイジュット……若き代表たちがウルベスの改革を成し遂げられるよう、この残り短い命を使い果たそう」

ウェインは笑って言った。

「いつかまたウルベスに来た時、歓迎されることを期待しておくよ、お義父上」

カミルも微笑み、頷いた。

「ああ——楽しみにしていてくれ、わが息子よ」

かくして、ウルベス連合を巡る騒動はひとまずの決着を得る。

大陸全土の歴史を俯瞰すれば、決して大きな波乱ではないだろう。

しかし一連の出来事におけるウェイン・サレマ・アルバレストの行動が、後に大きな意味合いを持つことを、後世の歴史家は知っている。

賢王大戦と呼ばれるこの動乱の時代。

その佳境《かきょう》は、徐々に迫りつつあった——

あとがき

皆様お久しぶりです、鳥羽徹です。

この度は「天才王子の赤字国家再生術9～そうだ、売国しよう～」を手に取って頂き、誠にありがとうございます。

今作のテーマは「因縁」！　望むと望まずにかかわらず、生きていれば色々な縁と結びつくものです。そして縁は力になりますが、時として重荷にもなります。因縁に囚われた都市で、ウェインがどのように暴れ回るか。是非とも楽しんで頂ければと思います。

そして今回、皆様には嬉しい報告を一つ。

なんとこの天才王子シリーズ、アニメ化します！

魔法とか出てこないし、巻が進むほどに登場人物が男だらけになっていくこの作品がアニメ化なんてマジかよ！　って感じですが、マジです！　わーい！

ちなみに編集さんにお祝いのお食事に誘われて、そこでケーキが出たんですが、「祝！　売国！」ってデコってあって、すごいシュールでした（ケーキは美味しかったです）。

そしてここからは恒例の謝辞を。

担当の小原さん。締め切りデッドライン中のデッドフインをぶっちぎってしまい、本当に申し訳ないです……シリーズ中で一番ご迷惑かけたと思います。すみませんでした！

イラストレーターのファルまろ様にもご迷惑をおかけしました。こちらの原稿が遅れて、無茶なスケジュールを強いてしまったことお詫びします。なのに口絵のニニムとかＳＳＲかなってクオリティで、本当にありがとうございます……！

読者の皆様にも重ねて感謝を。アニメという晴れ舞台にこのシリーズが立てたのは、間違いなく皆様の応援があってこそです。その成果ともいえるアニメを、一緒に楽しめる日が来るのを、本当に楽しみにしています。

そしてスマホアプリのマンガＵＰ！様にて、えむだ先生のコミカライズも好評連載中ですので、是非こちらもご覧になって頂ければと思います！


さて次の十巻ですが……遂に十巻ですね！　二桁の大台ですよ！

そんな記念すべき回なので、東西を絡めた派手な展開にしたいなと思っております！

なんて言っておきながら、全然違う話になるかもしれませんが、ともあれ読者の皆様の期待に応えられるよう全力で頑張る次第です。

それではまた、次の巻でお会いしましょう。

ファンレター、作品の
ご感想をお待ちしています

〈あて先〉

〒106－0032
東京都港区六本木2－4－5
SBクリエイティブ(株)
GA文庫編集部 気付

「鳥羽　徹先生」係
「ファルまろ先生」係

本書に関するご意見・ご感想は
右のQRコードよりお寄せください。

※アクセスの際や登録時に発生する通信費等はご負担ください。

https://ga.sbcr.jp/

天才王子の赤字国家再生術9
～そうだ、売国しよう～

発　行　　2021年3月31日　初版第一刷発行
　　　　　2021年12月31日　　第二刷発行

著　者　　鳥羽　徹

発行人　　小川　淳

発行所　　SBクリエイティブ株式会社
〒106－0032
東京都港区六本木2－4－5
電話　03－5549－1201
　　　03－5549－1167（編集）

装　丁　　冨山高延（伸童舎）

印刷・製本　中央精版印刷株式会社

ISBN978-4-8156-0942-9

Printed in Japan　　GA文庫